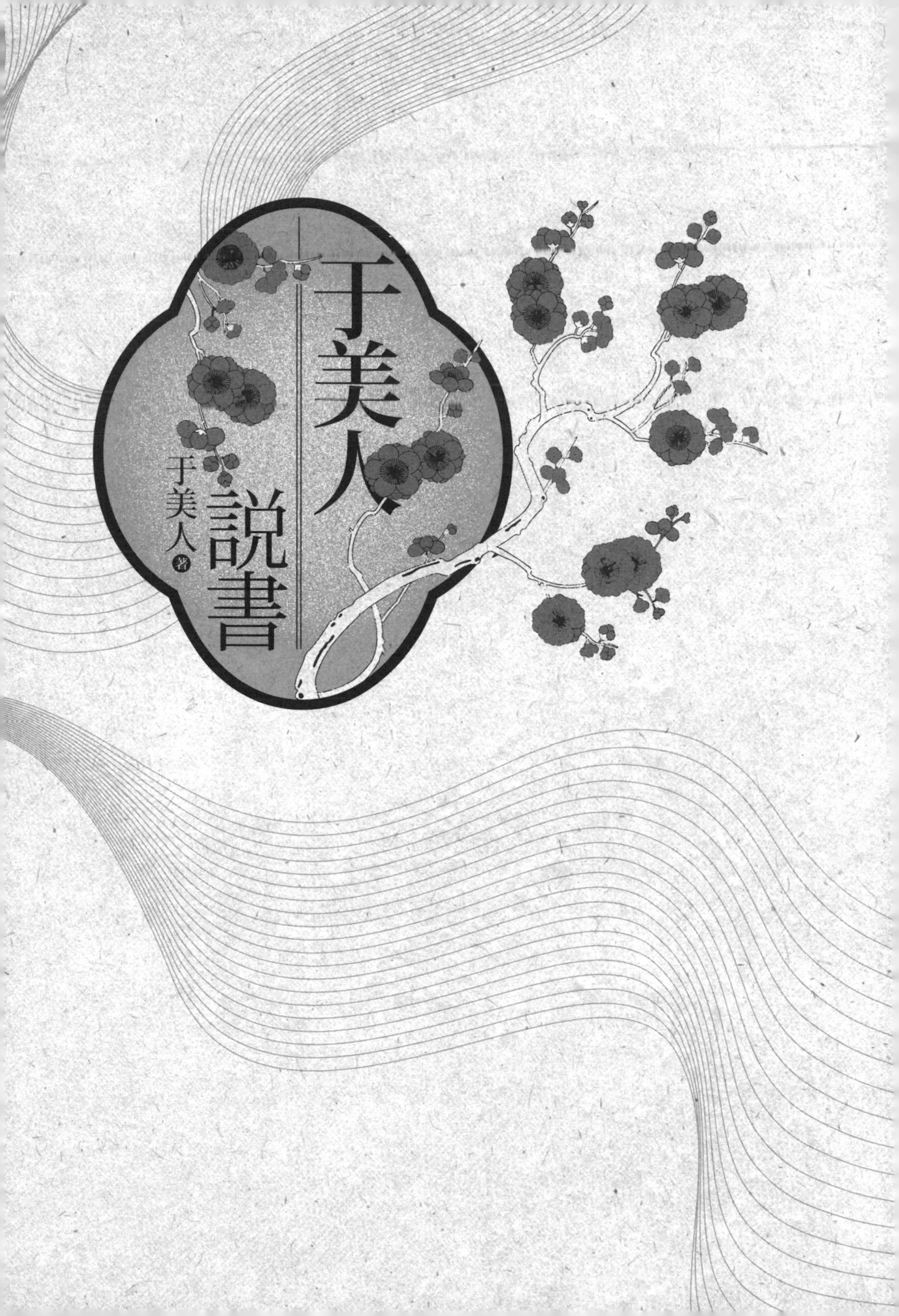

于美人說書
于美人著

粉專讀者一致感動推薦

（依姓名筆劃排序）

最喜歡書中關於李密的兩篇。這付皮囊運行的小周天，最微妙的不外乎是「情緒神經元」的傳遞與觸動發生。不論多少歲月跌宕，一個故事，一場電影，一則新聞，一個身影，一個場景，只要是「真心」感受，那條神經便引發了真誠的淚，面容細紋不自主合攏，身體莫名的抽搐，跨越時空，連結世代的感動，姑且稱這種感動叫「記憶」與「回憶」的神經交互作用。

所以生命有了歲月累積後，才能真實體悟自身，覺察內在，包容外在。執孝，一生的功課。一段話共勉之：「恩則孝養父母，義則上下相憐。」終日奉行。

吳國宏

就像美人姐ＦＢ的很多粉絲一樣，我天天「敲碗」想聽她說故事，每次開講一定搬好板凳來聽課，從來不缺席。美人姐說書功力一流，ＦＢ上讀來三、五分鐘的

一篇短文，總是讓人印象深刻，讀完餘韻繚繞、後座力無窮，有時我還會翻書找資料，享受溫故知新的喜悅。現在能夠一口氣讀到所有精彩文章，實在是太過癮了！

杜怡娜

讀了美人姐這一系列的文章，才真的懂了為何文史不分家。以前唸書時以為都有看懂的詩詞與古文，加上了歷史脈絡後，讀來感受完全不同！美人姐的文筆真的言簡意賅，情義真切，又能默默輸入自己的觀點，賦予現代的意義！好感謝生活裡有美人姐的存在啊！

邱匡薇

「苦守寒窯」的故事很美，但生活很殘酷。堅守一份信念，或者說是執念，在渺茫與未知的未來中孤獨的等待，用後半生下注，期待命運的翻盤，若問值不值得？或者該問……愛，有多深？

唐皓貞

以前不喜歡國文，因為看不懂，也無法理解。經過社會生活的經驗，卻喜歡看古人的傳記。年長一點，心裡有太多話想說，再看到中國古典詩詞，更讚嘆詩人們可以把千萬思緒，化作一首首雋永的作品。很開心讀到美人姐的解說，太棒的感受，彷彿 TED 很早之前就存在了呀！

連珈樂

李清照是歷史上最有名的女詞人，因為父母的開放態度，成就她自由奔放的人生。〈如夢令〉寫出她早期生活的優渥，描述經過一夜雨疏風驟，宿醉之後醒來，急急問身旁的婢女，海棠花是否姿態依舊？惜花賞春的情緒盡在不言中。她是時代的奇女子，放浪的生活，飲酒打馬，在封建的社會，勇敢追愛，更尋得靈魂伴侶，女性獨立的姿態跟文采一樣引人入勝！

陳雅珍

喜歡「苦守寒窯」三個等待的故事。苦守寒窯這麼多年以後，東方女性自顧自的懂事，思思念念終於得償所願；西方女性自以為的明事，心心念念終就已成往事。不論曲終人散，亦或月圓人團圓，等待的價值就像帶刺的玫瑰，或許隱隱作痛，亦可一如既往美麗綻放。

彭郁喬

最愛李清照的故事。

一、佩服她當機立斷，快刀斬亂麻的決心和行動，不管在現代還是宋朝，都是不可多得的！

二、她與丈夫鶼鰈情深二十八年，晚年卻一人居無定所，她在尋覓過往歡樂之中，卻只得到冷冷清清的回應，心中無限悲戚。這愁，才下眉頭，卻上心頭。

三、她與丈夫畢生收藏的字畫，因為戰事，付之一炬！戰爭前愜意自得的生活與戰爭後幾乎一無所有的日子，形成強烈對比。

四、她想趁著春天出遊，散心。

只是她帶著這許多愁緒，能上得了這船嗎？

回首過往，如人飲水，冷暖自知。

曾曉泠

很喜歡美人姐在粉絲頁上的文章，每次讀到都在想，如果出版成書，我一定要推薦給孩子們，然後一起閱讀、討論，相信國文科成績一定會有所進步！

黃小亭

袁枚的妹妹所嫁非人，這不禁讓我想起了一位朋友，兩次失敗的婚姻，換來的是她對男人的不解。為何全心全意伺候兩任丈夫的她，最後卻換來外遇的背叛？她的丈夫可以說是「茶來張口、飯來伸手」。我不禁要問，為什麼她甘願把自己淪為一個女傭來服侍他的男人呢？因為這個社會教育她，這樣就是一個好女人。

當年晚晴協會的創辦人施寄青老師，在從事失婚婦女的輔導中，首先，她會介紹婦女在父權社會體系下所處的不利地位，進而喚起婦女們的「女性意識」。他告訴女人「多造就自己，不做無謂的犧牲」。

Peter Kao

本來只是覺得這些詩人與文學大家們非常厲害，能創作出如此有文采的作品。現在讀了美人姐的文章，再回去閱讀欣賞這些詩詞古文，更能感受到字裡行間的意境及情意了！

Joan Lee

美人姐的說書簡單易懂，時而輕鬆幽默，讓人很容易就能代入場景，進一步理解每一篇古文詩詞背後的意義及文化脈絡，非常期待未來還能讀到更多的故事。

Lynn

緣起

二〇二一年七月，因為疫情，學測延後一個月，我的工作也都暫停。

這一年是舊課綱的最後一年考試，高中三年的國文教材只有三十篇古文，我就一天教一篇，一個月教完，對象是我女兒。

這段時間教學相長，等於自己也再複習一遍，竟然讀出不同的興味，於是就在ＦＢ發表，臉書字數不能太多，要短小但不輕薄，於是我把古文用濃縮的方式講述。

一年多來，承蒙臉友們的捧場，我竟寫出一種臉書文體，就是把厚重的古文，切割成容易消化的片段，成為容易閱讀、分享的知識。

有朋友說這些文章很像抖音的文字版，三至五分鐘就可以讀完，還能有記憶點！

書中內容典籍史冊都有記載，我只是整理者，現在將已發表的文字集結成書，自己留作紀念，並和您分享。

感謝粉絲們的留言，友直、友諒、友多聞，有時候留言比正文精彩。在此一併感謝！

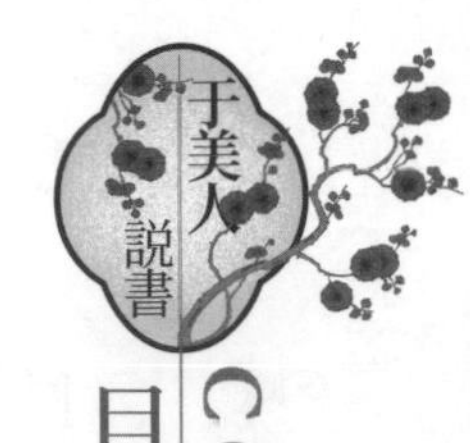

目錄 CONTENTS

粉專讀者一致感動推薦 003
緣起 009

第一章 曾經，那些女子 017

以柳絮寫雪的謝道韞 018
孔雀東南飛的劉蘭芝 022
慈母化身惡婆婆，禮教下的一齣悲劇 026
溫柔又剛強，傳統婦女的寫照 030
明珠蒙塵的李清照 033
知否？知否？應是綠肥紅瘦 036
斷腸人寫斷腸詞的朱淑真 039
不准六宮爭寵的獨孤皇后 042
美人應與英雄配的江東二喬 044
冤到六月飛雪的竇娥 047

命不由我，當小叔變成丈夫…… 052
於是，我就這樣過了一生 055

第二章
愛與不愛的變奏曲 059

一個貞字，讓她拚命要嫁渣男 060
一對釵頭鳳，命運各不同 064
最佳的勾引，原來是拒絕？ 069
下一世，你為女來我做男 072
一生一世一雙人，只是子虛烏有？ 075
愛與道德都要勇敢追求 079
苦守寒窯十八年的王寶釧 083
真假丈夫，一個因為愛重生又死去的故事 085
亂世情緣，牽扯著三個人的一生 089

第三章
好個溫潤如玉的名士才子 093

一善破千災，己所不欲的最高境界 094

五柳先生與五斗米 097
對決陰暗面，身正不怕影子斜 101
磊落一生真名士，歸去也無風雨也無晴 104
唯見江心秋月白的白居易 108
生活要節儉，感情要收斂 111
左思不右想，如何讓內在美發光？ 115
狡兔三窟之一：我把好東西給你買回來了 117
狡兔三窟之二：打造聲勢，榮耀回歸 120
狡兔三窟之三：將護國神山搬到我的封地吧！ 122
世態本就炎涼，各取所需才是真 124

第四章 玩政治的傻子與高手們 129

藏在文章裡的保命密碼 130
消除忠言逆耳的致命危機 133
長安十二時辰，一場殺無赦的奪嫡大戰 136
他威名赫赫，卻活活被兒子餓死 139

當一場家事成了動盪朝堂的黨爭…… 143
絕代才子的末代君王李煜 146
彩雲易散、紅顏薄命，留不住的美好 149
把痛苦凝練成字，用血淚寫就一生 152
丙吉問牛，人命不如一頭牛喘氣？ 155

第五章 君臣過招朝堂戲 159

憂憤至死的戰國屈屈臣氏 160
活得苦、死得委屈，請給他多一點溫柔 164
如鏡的朋友，一場經典的君臣之交 168
人言不足畏，宰相肚裡能撐船 171
和而不同，他們成就了君子之爭 175
你死我亡的「透抽遊戲」 178
刀下留人！內閣總辭救韓愈 181
好一場政治騙局，上下交相賊的廢死大戲 184

第六章 字與詞，哪是一個巧字了得 189

多加一個字，文氣語氣全順了 190
此粉非彼粉，都能以假亂真 193
欲語還休，一曲新詞酒一杯 196
著花未？呷飽未？詩詞也可以這樣讀 201
腦筋急轉彎，猜字謎的一把好手 203
一個畫面，秒懂斷腸人的心 206
語助詞有多神奇，一個字逆轉了意思 209
不敢與君絕，古代版的海誓山盟 211

第七章 親情最是動人心 215

那屋那樹，以及摯愛的那些親人 216
李爾王，一個自戀又自大的父親 220
自古皇家無親情？都是自作孽惹的禍 223
嬤帶孫，好孩子都是別人家的 226

朝中有人好做事，朝中無人莫做官 230
靠譜的韓愈，撐起了家族血脈 234
從否認到接受，滿紙傷心淚的一篇祭文 238
不管別人怎麼說，最懂我的是你 242
捨命之交，不是親兄弟勝過親兄弟 246

第八章 離別相思的詠歎調 249
芳華易老，人生若只如初見 250
愛情你比我想得闊較偉大 253
愛我別走，此去經年相思苦 257
長亭送別，點點是離人淚 260
傳奇，就從遇見你開始寫起 263
一眼千年，幸沒有誤終身 266

第九章 扯天扯地都是故事 271
道可道非常道，不懂其實很正常 272

虎姑婆來了，姑且聽個「唬」故事 276
猜猜，孔子會不會領五倍券？ 280
老虎與苛政哪個更可怕？ 283
大有來頭的天字第一號 286
割席絕交，你不再是我同桌 288

第十章 一代名將的養成與殞落 291

滿滿都是正能量的一篇文章 292
他們全都在用血淚生命寫歷史 296
功高震主？學會自污以保命 301
令人意難平的悲劇英雄 304
馳騁沙場真英雄，口蜜腹劍偽君子 307
什麼是莫須有？我說有就有 310
青山有幸埋忠骨，精忠報國至死方休 313
乘風破浪的那個將軍哥哥 317

第一章

曾經，那些女子

以柳絮寫雪的謝道韞

還記得《世說新語》中的那一場雪嗎？

白雪紛紛何所似？謝朗搶答說：「撒鹽空中差可擬」。當時只有八歲的妹妹謝道韞隨口回了一句「未若柳絮因風起」。伯父謝安聽到，樂得呵呵大笑！

這句話從此奠定謝道韞「詠絮之才」的歷史地位，並收錄在《三字經》：「蔡文姬，能辨琴。謝道韞，能詠吟。」

男大當婚，女大當嫁，要娶才女，壓力山大。謝大小姐的家世好到爆表！伯父謝安是當朝宰相，父親謝奕是安西將軍，家族人才輩出。

在講究門第的東晉社會，她的選擇並不多。能與謝家門當戶對的，只有大書法家王羲之所在的名門望族琅琊王氏。

伯父謝安在王家子弟中暗自比較，細心挑選。原本看上的，是王羲之的五兒子王徽之（字子猷，也就是〈王子猷雪夜訪戴〉一文的主角）。後來，謝安覺得他太任性荒誕，於是作罷。最後選了忠厚老實的老二，王凝之。伯父的一片好心，卻給姪女的婚姻和人生埋下悲劇的伏筆。

謝道韞婚後回娘家作客時，悶悶不樂，吐露心聲說：「我們謝家兄弟都那麼傑出，天地間怎麼還有王凝之這樣的庸材？」

在那個文人輩出的時代，她對平庸的耐受度真的不高。

但她不強求丈夫，也不受命運綑綁，自己依舊讀書吟詩，也恪盡婦道，淡然自處。謝道韞共生了四子一女，以為可以平穩地過完一生。然而，現實生活從不會讓你一直順遂。

後來農民起義、暴亂四起，身為守城內史的丈夫，不僅不聽她的勸告早做準備，也不組織軍隊抗敵，反而每天設壇祈禱，盼著天兵天將下凡幫他趕走叛軍。果然兵臨城下，敵人長驅直入，慌亂中丈夫自己帶著子女們逃亡，才出城就被抓被殺，全部送死！

已屆中年的謝道韞勇敢地在城中組織家丁，一手抱著三歲的外孫，一手拿刀和亂軍殊死拚搏，殺敵數人，最後寡不敵眾被俘。叛軍將領因仰慕她的才華和品學，又感其節義，最後放她和外孫一條生路，送到鄉下，孤獨終老。

謝道韞從此噤聲，但她綻放過的才情從不曾在歲月中褪色。人生際遇有如風中

飛絮水中萍，聚散兩無情。

輕輕，落在我掌心
靜靜，在掌中結冰
～～～
我慢慢地聽，雪落下的聲音
誰來賠這一生好光景？

——〈雪落下的聲音〉歌詞

再分享一個謝道韞的小故事。她當年出嫁後，有一次回娘家看到小弟愛玩，不思進取。做姊姊的看不下去，就罵了弟弟：「你怎麼還是這麼不長進，是天分有限，還是俗事太多？」才女罵人果然有效，弟弟從此發憤圖強，後來擔任前鋒都督，以八萬軍力戰勝前秦苻堅的八十萬大軍！這個弟弟就是打贏淝水之戰的名將——謝玄。

各位下次罵弟弟可以參考。

延伸閱讀

《世說新語．言語》◉南朝宋．劉義慶

謝太傅[1]寒雪日內集，與兒女講論文義。俄而[2]雪驟，公欣然曰：「白雪紛紛何所似？」兄子胡兒曰：「撒鹽空中差可擬。」兄女曰：「未若柳絮因風起。」公大笑樂。即公大兄無奕[3]女，左將軍王凝之妻也。

註釋

1.太傅：古代官職名稱。2.俄而：不久。3.無奕：謝道韞之父謝奕，字無奕。

孔雀東南飛的劉蘭芝

〈孔雀東南飛〉是一首很有名的長篇敘事詩，故事發生在東漢末年。原名〈古詩為焦仲卿妻作〉。

因為開篇第一句「孔雀東南飛，五里一徘徊」實在太有記憶點了，所以後來這首詩就直接稱為「孔雀東南飛」。詩中一干人物包括：

- 焦仲卿：職業是府吏，一位基層公務員，經常外派不在家。
- 劉蘭芝：姿容姣好，知書達禮，裁衣織布彈箜篌，才藝雙全。三年不育，婆媳不和。
- 焦母：辛苦養大兒子和女兒的寡婦，多少有些戀子情結。會槌床罵兒子，逼他休妻，希望兒子改娶東家秦小姐。
- 劉母：內宅婦人，丈夫已逝，夫死從子。

- 劉兄：性情暴如雷，逼妹妹改嫁太守之子。
- 臨演：媒人、縣丞、太守，還有幾個跑龍套角色。

來看看故事大綱：劉蘭芝嫁到焦家，為焦母所不容而被休回家，大哥逼她改嫁，新婚之夜劉蘭芝舉身赴清池，投水自盡。焦仲卿自掛東南枝，自縊殉情。

這隻孔雀經過一千多年的風雨沖刷，依舊鮮明！活了下來，因為婆媳問題千古難解。

身為兒子，面對愛情和孝道衝突時的困境，也是千年無解。

哎！世間安得雙全法，不負母親不負卿。

詩中用大量筆墨描寫劉蘭芝，特別提到她確定被休棄時，一大早起來梳化，化了正妝，穿上最體面的衣服，精妙世無雙的樣子上堂拜阿母！辭別婆母時，一滴眼淚都沒掉。在人生最低潮時，她選擇光彩照人，撐住自己的尊嚴。

焦仲卿犯了天下兒子的通病，應該兩頭瞞的事情，他兩頭傳。事情搞砸了，就先逃避！奉母命休妻，又對妻子發誓，「還必相迎娶」，「一定再把妳重新娶進門」。

最幼稚的一幕，是當他聽說劉蘭芝要再嫁太守之子時，立刻請假回來。但他不是想辦法挽回，而是跑去說氣話。

「恭喜妳嫁入豪門。說好的誓言呢？哼，沒關係！吾獨向黃泉！我自己去死！」劉蘭芝拉著對方馬鞍的手突然放開，感覺什麼都抓不住了……「你……你……我們同樣是被逼迫，你是被母親所逼，我是被兄長所迫，何意出此言？為什麼要這樣諷刺、挖苦我？行！你要死？好！我們黃泉下相見。」

無法阻止的悲劇，真是令人悲摧。兩人就這樣「執手分道去，各各還家門，生人作死別，恨恨那可論！」

焦仲卿收到劉蘭芝的死訊後，徘徊庭樹下，自掛東南枝（上吊自殺）。

看出來了這首詩的前後呼應嗎？

「孔雀東南飛，五里一徘徊」，劉蘭芝娘家在夫家的東南方，因為不捨離開而頻頻回首。「府吏聞此事，心知長別離，徘徊庭樹下，自掛東南枝」，焦仲卿特別選東南方向是代表生死相隨。

後來兩家求合葬，特別記下這段故事，希望後人戒之慎勿忘，不要忘記他們的悲劇。

全詩三百五十七句，紙短情長，留給各位發揮。如果勾起你的婆媳回憶，讓它隨風而逝，都過去了！

「我們要在安靜中，不慌不忙地堅強。」（林徽音）

延伸閱讀

〈孔雀東南飛〉節錄 ◉ 南北朝・佚名

其日牛馬嘶，新婦入青廬[1]。奄奄[2]黃昏後，寂寂人定[3]初。我命絕今日，魂去屍長留！攬裙脫絲履，舉身[4]赴清池。府吏[5]聞此事，心知長別離。徘徊庭樹下，自掛東南枝。

註釋

1.青廬：用青布搭成的帳篷，舊時北地舉行婚禮的地方，一般設在屋宅西南角。2.奄奄：日色昏暗無光貌。3.人定：指人就寢安歇的時間，即亥時，晚上九點到十一點。4.舉身：縱身一躍。5.府吏：以官職代稱焦仲卿。

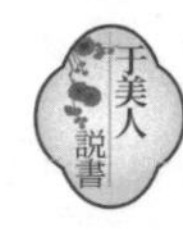

慈母化身惡婆婆，禮教下的一齣悲劇

一個災難的發生，而且發展到不可收拾，不可能只是一個錯誤，必定是一連串的失誤。悲劇也是。

〈孔雀東南飛〉的故事，大家都知道了。現在，讓我們拿掉所有的惡意揣測，並用最大的善意來看故事中的每一個人。首先看「罪魁禍首」的婆婆焦母。

封建時代的守寡婦人，兒子就是她寄命之所在。兒子讓她獲得社會認同及肯定，她人生所有的價值與成就都要靠兒子來完成！

男大當婚，她十里八鄉地去打聽，一定要找到最出色的女孩，才能配得上她辛苦養大的兒子。

劉蘭芝娶進門後，兒子因為工作長年不在家。兩個原本陌生的女人突然間要進入婆媳的相處模式，多不容易！

封建時代的婆婆穩坐道德至高點，誰敢違抗？詩中婆婆提出休妻的理由之一是劉蘭芝「舉動自專由」，這個有才華的媳婦行為舉止「大主大意」（台語），挑戰了婆婆的威權。

有人說焦母控制欲太強。各位！焦母若不強又怎麼能獨自守住家業，並帶大一兒一女？

兒子娶妻後，媳婦搶走兒子所有的目光。重心的轉移，讓母親有了被剝奪感，再加上劉蘭芝三年不孕，無法為焦家開枝散葉，所以她想要為兒子換一個能生養的媳婦。

不孝有三，無後為大。母親自認為是為子女好，自認為那就是最好的安排。

其實，焦母並不知道這不是為了子女，而是為了她自己，為了自己心安理得，為了自己感動自己。理由是為了焦家香火傳承，她要出來做惡人。她是願意為孩子犧牲奉獻一切的母親！

焦母根本不在意子女心裡想要的是什麼，不在意他們將來面對這一切會是怎麼樣的心痛。

詩中讓我最難受的段落，是當焦仲卿知道一切不可挽回，心灰意冷回家。他和母親說自己就像日落西山，生命即將終結，抱歉讓母親獨留人間，以後日子將會很孤單。但這是兒子自己的決定，請母親不要去埋怨鬼神，並祝福母親，「命如南山石，四體康且直」。

阿母得聞之，淚水應聲落下。但是，她挽留的方法是告訴兒子：「你那麼優秀，前途正光明，怎麼可以為那個女人去死！東家有賢女，媽立刻為你去求娶。」

她想挽回兒子，可是她根本不懂兒子的心。這時她還不相信兒子會死。她以為逼兒子休妻只是暫時的逗點，那裡知道逗點成了句點。

焦仲卿死後，她受的打擊最深，是她（以為）的愛子之心逼死兒子。

她也是最後悔的那個人，因為詩末寫「兩家求合葬」，焦家只有她做主，所以是她同意合葬，彌補這個遺憾！

從此思念兒子的心、悔恨的心，不斷地啃噬著她，日日夜夜……

延伸閱讀

〈孔雀東南飛〉節錄◉南北朝．佚名

府吏還家去，上堂拜阿母：「今日大風寒，寒風摧樹木，嚴霜結庭蘭。兒今日冥冥[1]，令母在後單[2]。故作不良計[3]，勿復怨鬼神！命如南山石，四體康且直！」

阿母得聞之，零淚應聲落：「汝是大家子，仕宦於台閣。慎勿為婦死，貴賤情何薄！東家有賢女，窈窕艷城郭，阿母為汝求，便復在旦夕[4]。」

府吏再拜還，長嘆空房中，作計乃爾立[5]。轉頭向戶裡，漸見愁煎迫。

註釋

1.日冥冥：像日頭昏沉，命不久矣。2.令母在後單：阿母往後的日子孤單一人。3.故作不良計：故意做出不好的打算。4.便復在旦夕：對方的答覆就在這早晚之間。5.作計乃爾立：這個打算就這樣決定了。

溫柔又剛強，傳統婦女的寫照

李昂老師是鹿港人。我問她從前在鹿港，如果有女兒被休棄回家，娘家的母親都會支持嗎？李昂老師說：「沒有都支持喔，這樣的女兒回來，娘家是很為難的，三姑六婆都會來探詢。」她還聽說，有女兒後來受不了母親跟大嫂的冷淡，選擇跳井的故事。距今不過五十年。

我們回到一千八百年前的〈孔雀東南飛〉，這首敘事詩對每個角色的描寫都很深刻。上一篇看了焦母，這一篇來說劉母。

劉蘭芝的母親看到女兒被休棄，獨自一個人回來。她的反應是「阿母大拊掌」，這不是拍手叫好喔，是驚訝到拊掌遮臉，不能置信。

然後悉數她從小用心栽培女兒的過程：「十三教汝織，十四能裁衣，十五彈箜篌，十六知禮義，十七遣汝嫁。」如此優秀的女兒怎麼了？母親本能地反問劉蘭芝：「汝今何罪過？不迎而自歸。」妳到底做錯什麼？被夫家趕回來？

劉蘭芝只回答一句「兒實無罪過」，母親沒有再多問，上前抱住她，阿母大悲摧。

劉蘭芝被休回家後，不斷有媒人上門。

第一次縣令兒子來求娶劉蘭芝，母親為她擋掉了。

第二次是太守之子，條件非常好，嬌逸未有婚。他不在乎劉蘭芝的身分，要以正妻之位求娶，聘金聘禮更是豐厚無比。

劉蘭芝不為所動，她堅信前夫的誓言，一心等待焦仲卿。

母親又為她出面，「阿母謝媒人」，第二次婉拒。看到這裡，很多有類似經驗的出嫁女兒應該都會眼泛淚光，靠著母親的慈悲理解了女兒的苦難！

夫死從子，一家之主是哥哥。哥哥說話了。劉蘭芝為了不讓母親為難，沒有選擇餘地，只得答應。

出嫁前一天，母親催促她趕工縫嫁衣。劉蘭芝等母親一轉身，她以手巾掩口啼，淚水像瀑布……把悲傷放口袋，只有自己摸得到。

婚禮當天，母親接受蘭芝的跪拜，她上前握著女兒的手，「這次一定會幸福的。母親祝福妳！」劉蘭芝再次拜別母親，母親幫她把衣服拉好。「去吧！女兒，媽媽等妳三日後回門。」

母親看著蘭芝上馬車，十里紅妝的風光，更甚從前！蘭芝遠去的背影，也成為

母親一生無法承受的印記。

失親的痛苦在於沒有終結之日，也許痛苦最後會稍減，但卻成為深埋心底、盤踞不去的悲傷。

這個故事說完了。戒之慎勿忘。

延伸閱讀

〈孔雀東南飛〉節錄◉南北朝．佚名

入門上家堂，進退無顏儀[1]。阿母大拊掌：「不圖子自歸[2]！十三教汝織，十四能裁衣，十五彈箜篌，十六知禮儀，十七遣汝嫁，謂言無誓違[3]。汝今何罪過，不迎而自歸？」蘭芝慚阿母：「兒實無罪過。」阿母大悲摧[4]。

註釋

1.進退無顏儀：進退為難，沒有臉面。2.不圖子自歸：沒想到妳自己回來。3.無誓違：不會有什麼過失。4.悲摧：非常傷心。

明珠蒙塵的李清照

尋尋覓覓，冷冷清清，悽悽慘慘戚戚……

李清照的這闋〈聲聲慢〉沒有生字，一千年前的作品，我們不用靠翻譯都能看懂，這就是繁體漢字的厲害！

悽：悲傷，悲痛。

慘：悲傷，淒涼。

戚：憂愁，悲哀。

沒有一個字寫愁，可那悲傷的情緒像海浪拍岸，快要將人淹沒。

李清照寫這首詞時快要五十歲了，當時她國破家亡、父母故去、丈夫病逝、無子無女、暮年飄零、流亡逃難……這次第，怎一個「愁」字了得。

真正的挑戰在隔年，先說她和第一任丈夫趙明誠的婚姻。

李清照十七歲嫁給趙明誠。兩人不只情投意合，還都熱衷鑽研金石、碑文和古

字畫，是志同道合的伴侶。旁人看他們是一屋子破銅爛鐵，破卷殘篇。他們卻樂此不疲，結婚二十八年，堪稱神仙眷屬。

可憐天妒良緣，隨北宋南渡後，趙明誠因病過世，李清照那年四十五歲。李清照已纏綿病榻多時，偏偏又有一箱的寶物和珍貴字畫引人覬覦。此時有一位進士叫張汝舟，此人外表體面、溫文儒雅，上門求娶李清照。李清照可能病昏頭了，竟然答應改嫁。那一年她四十九歲。婚後不過百日，張汝舟索討字畫不果，竟動手打她。李清照這才醒悟過來，自己嫁了一個賊。

宋朝法律，女子若主動要求離婚，難如登天，不如重新出生。

李清照是婉約派的詞人，但是她面對家暴的勇敢抗爭可以光照千年。她要局天扣地、升堂入室的控訴暴行。「妻控夫，雖得實，徒二年」，什麼意思？就是妻子控告丈夫，即使成立，妻子也要坐牢兩年。

李清照破罐子破摔，豁出去了！一代才女拋頭露面，狀告張汝舟謊報資歷，謀得官職乃欺君之罪！（宋室南渡，很多檔案遺失，所以有人鑽漏洞。）

後來官府查證屬實，判張汝舟流放柳州，李清照義絕離婚。

原本她要坐牢兩年，幸好先夫趙明誠的表哥任職吏部，出手搭救。李清照只坐牢九天就出獄了。

延伸閱讀

〈聲聲慢〉◉南宋・李清照

尋尋覓覓，冷冷清清，悽悽慘慘戚戚。
乍暖還寒時候，最難將息。
三杯兩盞淡酒，怎敵[1]他，晚來風急。
雁過也，正傷心，卻是舊時相識。
滿地黃花堆積，憔悴損，如今有誰堪摘？
守著窗兒，獨自怎生得黑。
梧桐更兼細雨，到黃昏，點點滴滴。
這次第[2]，怎一個愁字了得！

註釋

1. 敵：抵擋。2. 次第：情形、光景。

知否？知否？應是綠肥紅瘦

李清照的離婚事件雖然很快過去了，但也為她的晚年精神世界留下創傷。

她的餘生寄情於編書，把趙明誠生前沒有完成的書《金石錄》校勘編輯出版。

南宋沒有收復失土，她的等待落空。

西元一一五五年，孤獨無依的李清照七十一歲了，生命終於走到盡頭！

她留下的詩文約七十四篇，人雖然走了，但她的詩詞留下來接住了多少顆墜落的心……

李清照的一生展現了對愛情的真誠、人格的獨立，以及對生命的珍視（夫死，她沒有殉節；再嫁，也沒有被士大夫的口水淹死）。

她還守護了女性的尊嚴，在那個極端父權的社會。

不必批評她為何不懼輿論，頂風再嫁！誰都有犯傻的時候。

但不是誰都可以願賭服輸，認賠殺出！

我們來讀她恢復自由後的這篇作品：

風住塵香花已盡，日晚倦梳頭。
物是人非事事休，欲語淚先流。
聞說雙溪春尚好，也擬泛輕舟。
只恐雙溪舴艋舟，載不動許多愁。

——〈武陵春．春晚〉

曾經聽人說，女人啊！痛就要說出來，不然別人怎麼幫妳！
請問，心痛怎麼說……？「我的痛，怎麼形容？一生愛，錯放你的手。」（張宇〈用心良苦〉）

延伸閱讀

〈如夢令〉◉宋．李清照

昨夜雨疏風驟，濃睡[1]不消殘酒。

試問捲簾人，卻道海棠依舊。

知否？知否？應是綠肥紅瘦[2]。

註釋

1. 濃睡：酣睡，睡得很沉。2. 綠肥紅瘦：葉子多了，紅花少了。

斷腸人寫斷腸詞的朱淑真

南宋還有一位有名的女詞人，名叫朱淑真，號幽棲居士。

她本來可以留下更多作品，可惜在她死後，父母把她的手稿付之一炬，全燒了。我們現在看到她的《斷腸集》是劫後餘篇。

她的生平資料不多，只知早年因為父母識人不清，沒有好好為她挑對象，把她許配給市井小吏。因為兩人才學不相配，導致夫妻不睦，婚姻不幸。

她曾經感嘆：「當年不肯嫁春風，無端卻被秋風誤。」

朱淑真一生婚姻、愛情都不得志，因此詩中多有憂愁怨恨之語。

一個這麼有才情的女子，卻要無感無覺地活著，不甘心哪！

後來她分居回了娘家，但父母和社會對她不諒解，最後抑鬱以終，死的時候才四十五歲。

從前有失戀的女學生問我：「老師，有沒有比較白話的詞，是寫孤獨感的？」

當然有！誰教自古文人多寂寞！我們一起來讀朱淑真的詞吧。

獨行獨坐，獨唱獨酬還獨臥。
佇立傷神，無奈輕寒著摸人。
此情誰見，淚洗殘妝無一半。
愁病相仍，剔盡寒燈夢不成。

——〈減字木蘭花．春怨〉

這闋詞幾乎是白話文了。讓我說明一下，請各位有點耐心。

第一句：獨行獨坐，獨唱獨酬還獨臥。連用了五個「獨」字，孤獨感夠重了吧！一個人走去KTV，一個人坐進包廂，一個人拿麥克風唱歌，自己跟自己敬酒，最後自己一個人倒臥在沙發上。

「酬」是勸酒、敬酒的意思。有些老公會說：我今晚應「酬」絕不喝酒。各位老婆要小心了……那他應什麼？（記住，喝酒不開車。）

第二句：無奈輕寒著摸人。輕寒是指春天；「著摸」是宋朝流行用語，意即撩撥、沾惹。

這句是作者對季節的敏感，我知道春天很美，但對一個孤獨的人來說，四季對我又有何意義呢？所以，春天何苦來撩撥我，讓我沾惹滿懷的春愁。

如果用宋朝的話講「撩妹」，就會說「著摸妹」。哇，更有畫面喔！

第三句：淚洗殘妝無一半。臉上的妝被淚水洗掉一半。哎！哭過的女人都懂。

第四句：愁病相仍，剔盡寒燈夢不成。已經分不清是因愁而病，還是因病添愁，總之夜不成眠。

這裡要注意「剔」是指挑起燈芯，剔除餘燼，蠟燭才能更亮。「盡」是指時間，燭火都燃盡了還睡不著，一夜無眠到天明。

「剔盡寒燈」對應第二句的「無奈輕寒」，前後兩個寒，全文的溫度感就一致了。

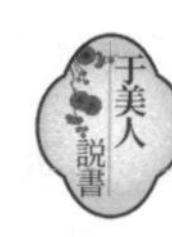

不准六宮爭寵的獨孤皇后

「獨孤」是複姓，是南北朝時期北魏鮮卑八大貴族的姓氏之一。而「孤獨」是用來形容人生的狀態，少而無父曰「孤」，老而無子曰「獨」。二者不可混用。

隋朝開國皇帝楊堅的皇后叫「獨孤伽羅」，史稱「獨孤皇后」。她的父親獨孤信是楊堅父親的上司，姊姊是皇后，她的背景很硬。

十四歲時嫁給楊堅，新婚之夜要求楊堅發誓一生只愛她一人，而且不准有異腹之子（所有小孩都要出自她的肚子）。楊堅竟然答應了，而且不僅在床上答應，下床也不改誓言，終其一生一夫一妻，是古代帝王少見。

獨孤皇后善妒但又賢惠，楊堅對她又愛又敬，兩人共生了五個兒子。

楊堅曾驕傲地說：「朕五子同母，此乃真兄弟也！」只能說楊堅高興得太早。

獨孤皇后責己嚴，責人更嚴。她不僅插手兒子們的婚姻，更要求兒子們和朝臣都要堅守一夫一妻，這個觀念在那個時代是逆風。

太子楊勇違背母親，有了小妾，不久被廢，改立次子楊廣。因為楊廣投其母之所好，和妻子表現出一生一世一雙人的恩愛，讓母親影響父親，最後得以上位，立為太子。

不久獨孤皇后過世，楊廣開始顯露本性。隋文帝臨死之前曾說：「獨孤誤我。」後悔當初廢太子。

最後這「五子同母」的真兄弟展開網內互殺，全部死光，只剩下楊廣，史稱隋煬帝。他是隋朝第二位皇帝，也可說是最後一位有實權的皇帝。

政治上往往是屁股決定腦袋，還沒坐上去的，哪一個不是溫良恭儉讓？

隋朝的歷史很短，只有三十九年，感覺只是一個揭幕人，拉開序幕，隆重歡迎「唐朝」出場！

說說我的感想：人生可以有很多堅持，但堅持別人要和你一樣，很辛苦，也容易被利用。獨孤皇后就是一個值得警惕的例子。

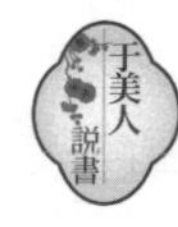

美人應與英雄配的江東二喬

遙想公瑾當年，小喬初嫁了，雄姿英發。
羽扇綸巾，談笑間，檣櫓灰飛煙滅。
故國神遊，多情應笑我，早生華髮。
人生如夢，一尊還酹江月。

——〈念奴嬌．赤壁懷古〉節錄

孫策和周瑜是總角之交（從小一起長大的朋友）。東漢末年，群雄四起，兩人少年英雄，謀略過人，威震江東。在攻打皖城後，聞說江東喬公育有二女大喬小喬，均有傾國之色，乃絕代佳麗。於是，孫策自納大喬，周瑜納小喬。

在亂世之中，誰都不容易！女人和小孩更是辛苦。美麗的女人更容易被糟蹋，或被當成交換的物品，能好好嫁人是算幸運。

大喬和小喬姊妹同時嫁給雄偉過人的英雄，當時是被羨慕的。英雄配美人，一時傳為美談。

史書記載的「一時」，就像童話故事的結局，「從此過著幸福快樂的生活」。偏偏人生無法停格，幸福路短，戰火之中，苦多於樂。

大喬婚後兩年，孫策二十六歲遇刺身亡。此後大喬用心撫養小孩，並輔佐小叔孫權，守寡數十年，常伴青燈（據說）。

小喬的丈夫周瑜字公謹，小喬初嫁時，正是他意氣風發的人生高光時刻。兩人相伴十一年，小喬陪他經歷過無數戰役，包括那場以少勝多的「赤壁之戰」。可惜情深不壽，一代英雄的周瑜，三十六歲就染病身亡。

周瑜遺體運抵故鄉時，小喬素服舉喪，帶著年幼的二子一女站在郊外迎靈。太陽即將落山，小喬雙眼已被淚水模糊，只看到棺木上的金漆在夕陽下閃爍，映出晚霞最後的光芒。小喬的心，和天色一起黯然。

一代名將，年僅三十六歲，就這麼逝去了。歲月悠悠，紅顏暗消，小喬為他守墓十四年，四十七歲歿。

一將功成萬骨枯，英雄的高度是多少屍骨堆積起來的，其中也包括「紅顏」的犧牲。

人生如夢，看來這杯酒還是祭給江水吧！跟往事乾杯。

延伸閱讀

〈念奴嬌．赤壁懷古〉◉北宋．蘇軾

大江東去，浪淘盡，千古風流人物。故壘西邊，人道是，三國周郎赤壁。亂石崩雲，驚濤裂岸，捲起千堆雪。江山如畫，一時多少豪傑。

遙想公瑾當年，小喬初嫁了，雄姿英發。羽扇綸巾[1]，談笑間，檣櫓灰飛煙滅。故國神遊，多情應笑我，早生華髮。人生如夢，一尊還酹江月[2]。

註釋

1. 綸巾：綸，讀音同官。綸巾是古時對頭巾的稱呼，以絲帶編成，一般為青色。2. 一尊還酹江月：尊同樽，酒杯；酹，讀音同淚，以酒灑地祭奠。全句意思是，就用一杯酒來祭奠江水和明月吧。

冤到六月飛雪的竇娥

我要講的是元代雜劇的代表作——《感天動地竇娥冤》。又名《六月雪》，作者關漢卿。

這是一齣講述童養媳的悲劇。元朝離我們很遠，但童養媳的辛酸，淚痕尚存，離我們並不遠。

一九五一年，台灣還成立了保護養女（童養媳）運動委員會，直到一九八八年才解散，結束其業務。

你可以問問家中長輩有沒有聽過「媳婦仔」的故事，真的距離我們不遠。

讓我們回到竇娥的故事，她的本名叫竇端雲，母亡。七歲那年因為父親欠債，又要上京趕考沒有盤纏，所以把她賣給蔡家當童養媳，改名竇娥。十年後嫁給養兒，婚後兩年丈夫過世，她與蔡婆子，婆媳兩人相依為命。

蔡婆子被騙錢，地痞張老兒、張驢兒父子假裝出面幫她要錢，然後設計讓這對

婆媳嫁給他們父子。蔡婆子上當，想要委曲求全，但是竇娥堅持不願意。最後是姓張的想毒死蔡婆子，沒想到卻毒死了自己的爸爸，然後誣賴竇娥殺人。不幸的是，遇到個貪贓枉法的狗官，背地裡先被張驢兒用錢買通，把竇娥抓到公堂訊問，對她嚴刑逼供，強迫認罪。竇娥受盡百般拷打，堅持不肯承認，縣官就當著竇娥的面要拷打蔡婆子。竇娥不忍心婆婆連同受罪，怕老人家受不起酷刑，只好含冤招認毒死張父。於是，竇娥被判斬刑。

臨刑前，竇娥滿腔冤屈無處可訴，於是含著熱淚向蒼天起誓發願：「我竇娥真的是被冤枉的，我的冤屈只有老天爺知道，為了證明我的清白，監斬大人聽我言。竇娥有三願：

一是不要半星熱血紅塵灑，都只在八尺旗槍素練懸。

竇娥要求準備丈二白練（白布），掛在旗槍上，若是我委實冤枉，刀過處頭落，一腔熱血半點兒都不灑在地下，全部飛濺在旗桿的白布上。

二是如今夏季三伏天，若竇娥委實冤枉，身死之後，天降三尺瑞雪，遮蓋我的屍體。

三是若我竇娥死的委實冤枉，就讓楚州從此亢旱三年！

老天爺啊！不是我竇娥發下這等無頭願，委實的冤情不淺；若沒些兒靈聖與世人傳，也不見得湛湛青天。」

執行命令的「斬……」和竇娥呼叫的「我的天爺啊……」同時喊出來，刀起時颳風，頭落時降雪，天地只剩蒼茫。

竇娥前面兩個誓願果真兌現，血濺白練，六月飛雪！

最後是竇娥的爸爸考上進士後，留在京城做官。竇娥死後向爸爸託夢申冤，父親回來幫她翻案，還她公道。楚州大旱才結束。

原文太長，只能簡述，有興趣的朋友不妨去找原文出來看。

延伸閱讀

《竇娥冤》第三折節錄◉元．關漢卿

〔耍孩兒〕[1]不是我竇娥罰下這等無頭願，委實的冤情不淺。若沒些兒靈聖與世人傳，也不見得湛湛青天。我不要半星熱血紅塵灑，都只在八尺旗槍素練懸，等他四下裡皆瞧見。這就是咱萇弘化碧[2]，望帝啼鵑[3]。

（劊子云）你還有甚的說話？此時不對監斬大人說，幾時說那！（正旦再跪科，云）大人，如今是三伏天道，若竇娥委實冤枉，身死之後，天降三尺瑞雪，遮掩了竇娥屍首。（監斬官云）這等三伏天道，你便有衝天的怨氣，也召不得一片雪來。可不胡說！（正旦唱）

〔二煞〕你道是暑氣暄，不是那下雪天，豈不聞飛霜六月因鄒衍[4]？若果有一腔怨氣噴如火，定要感的六出冰花滾似綿，免著我屍骸現。要甚麼素車白馬，斷送出古陌荒阡！

（正旦再跪科，云）大人，我竇娥死的委實冤枉，從今以後，著這楚州亢旱三年。

（監斬官云）打嘴！那有這等說話！（正旦唱）

〔一煞〕你道是天公不可期，人心不可憐，不知皇天也肯從人願。做甚麼三年不見甘霖降？也只為東海曾經孝婦冤，如今輪到你山陽縣。這都是官吏每無心正法，使百姓有口難言！

（劊子做磨旗科，云）怎麼這一會兒天色陰了也？（內做風科。劊子云）好冷風也！（正旦唱）

〔煞尾〕浮雲為我陰，悲風為我旋，三樁兒誓願明題遍。（做哭科，云）婆婆也，直等待雪飛六月，亢旱三年呵，（唱）那其間纔把你個屈死的冤魂這竇娥顯！

註釋

1.耍孩兒：曲牌名，下面的二煞、一煞、煞尾亦同。2.萇弘化碧：萇弘是孔子的老師之一，忠貞為國，後受讒言被流放回鄉，最後剖腸自殺而死。蜀人用小匣盛他的血珍藏，三年後，其血化為碧玉。3.望帝啼鵑：望帝是古代蜀國國君，死後魂魄化為杜鵑鳥，在山中悲啼。4.飛霜六月因鄒衍：戰國時鄒衍被人陷害下獄後，含冤在獄中仰天大哭，時正六月炎夏，卻忽然降霜。

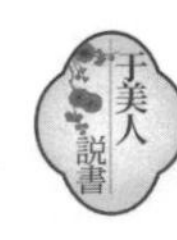

命不由我，當小叔變成丈夫……

很多年輕女孩對「養女」和「童養媳」有不少好奇疑惑，這其實也是台灣女權歷史的一塊拼圖。

簡單說，在上個世紀，養女跟童養媳都是被親生父母送出去給別人收養的女孩。養女泛指送給別人收養，而童養媳則是已被指定結婚對象的養女。

童養媳長大後的結婚對象往往就是養父母的兒子，她沒有婚禮，頂多就是一頓豐盛的年夜飯當作婚禮晚餐。吃完飯後，就和養兄正式圓房，成為夫妻，民間稱之為「送作堆」。

當年的客家村還有〈養女嘆〉的歌謠：「……養女講來好心酸，無好食來無好穿，看到別儕上學校，目汁流向肚裡吞。」寫實地描述養女的處境。

我來分享一個故事，說故事之前要先做一點思想教育：台灣性別平等、男女平權的觀念是近代才努力爭取來的。所以，各位，讓我們先一起穿越時空，回到那個對女性只講「所有權」而不講「人權」的時代。

聽這個故事你或許會有不解，但請不要懷疑，因為故事中的女主角尚在人世，今年九十九歲。

一九二三年（民國十二年），台灣已被日本統治二十八年，這一年最重大的新聞就是日本攝政皇太子裕仁搭乘軍艦「金剛號」來台灣各地巡視十二天。

這一年也有很多台灣小孩出生，包括李登輝、彭明敏、楊金欉，還有今天的故事女主角阿玉。

阿玉剛出生還未滿月時，就送給人家做童養媳，養父母家境尚可，育有二子。大兒子雄哥比阿玉大兩歲，小兒子志明和她同歲，三個小孩當時並不知道他們未來的命運會如此糾纏。

阿玉從小就不愛說話，個性很冷，但也不敢違背養母的命令，凡事逆來順受。光陰荏苒，終於雄哥十九歲、阿玉十七歲了，養母希望他們年底就能「送作堆」。詎料太平洋戰爭吃緊，日軍徵台灣兵上戰場，雄哥被徵為軍伕去了南洋，從此音訊全無。

雄哥走後，阿玉只能苦等、枯等，一直等到第五年日本都戰敗了，還是沒有雄哥的任何消息。大家都明白雄哥凶多吉少，卻不敢說出口，養母哭紅了雙眼，等了

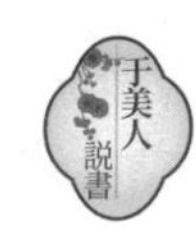

五年後，盼望才終於破滅。

養母懇求阿玉嫁給老二志明，希望生一個兒子繼承雄哥的香火。志明當時正在台北讀書，覺得母親的安排太離譜了，叫他娶一個從小被視為大嫂的人，而且兩個人根本沒有愛情。但耐不住母親失去長子的悲哭，志明終究勉強答應，向學校請假，返鄉「結婚」。

兩個既沒有愛情，彼此個性又不合的人（男生活潑外向，女生安靜冷漠），就這樣被命運綑綁在一起。

故事就這樣走下去嗎？不！只能說造化弄人，總讓人措手不及。

志明不甘不願地結了婚，這次只向學校請了一個禮拜的假。第七天準備要回學校時，突然聽到巷子口人聲鼎沸，有人大喊：「回來了，回來了！」

誰回來了？

是的，雄哥回來了！

原來雄哥沒有死。他在日本戰敗後輾轉各處，終於獲救回到故鄉！他以為大家會狂喜地迎接他，想不到所有的人都是一臉錯愕。怎麼了嗎？第一個哭喊出來的人是志明：「阿兄！你為什麼不早七天回來？」（未完待續）

於是，我就這樣過了一生

雄哥從九死一生的戰場上回來，才剛剛驚魂甫定，就面臨這樣的場面！不知道要如何反應？志明更是捶胸頓足，他多麼嚮往自由戀愛，也有自己的夢想要追求，還沒畢業就有大商社的工作等著他，正以為可以天高任鳥飛的時候，母親卻用一根親情的線將他拉回人間。

人間是什麼？就是母親的眼淚，就是大哥不能無後，就是人情義理……

阿玉會是什麼感受？

喔！沒有人會在乎她的感受。

一切唯養母之命是從，阿玉已經是志明的人了，她沒有選擇餘地。她到底有沒有愛過雄哥，沒有人知道，但是大家都知道志明不愛她。

三年後，雄哥另娶了一房媳婦。志明在財務上給予大哥許多幫忙。大哥終生鬱鬱寡歡，不知道那五年的戰場經歷，讓他受了多少創傷！那個時候也沒有所謂的心

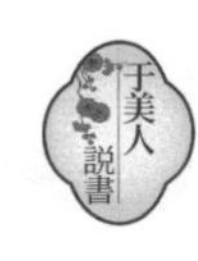

理諮商，所有的傷痕，要麼遺忘，要麼深埋。

第二年阿玉和志明生了一個兒子，養母老懷堪慰，對長孫疼愛有加。阿玉和兒子留在家中，讓養母享受「天倫之樂」。志明覺得自己的責任已盡，從此只有逢年過節才回來打卡。志明在法律意義上已有家室，他選擇流連歡場，夜夜華燈初上。

阿玉和志明結婚第十年，養母過世，那根親情牽絆的線斷了。葬禮過後，兩人離婚，志明承諾照顧阿玉母子，遺產分三份，阿玉也有一份。此後，志明對阿玉母子就是道義責任，贍養終生。

志明四十歲時才又再婚，另組家庭，育有一雙子女。子女成材，非常優秀，志明耄耋之年才過世，人間無憾。

大哥婚後育有三子，婚姻生活不睦，外表看起來是白頭偕老，骨子裡是同歸於盡！他七十五歲過世，夫人也不久於人世。

阿玉呢？

養母離世、婚姻解除，所有的封印都解開了，她應該自由了吧？

沒有，她就像被鐵鏈鎖著的大象，無法掙脫心理慣性。那個慣性就是習慣性的無助，不敢相信自己可以決定自己的人生。離婚後的阿玉曾經有人追求，但因為兒子反對，剛萌芽的愛意硬生生地掐斷，因為兒子承諾會照顧她到終老。兒子到現在還在兌現承諾，不離不棄。

沒有人知道阿玉是否曾經想要像春花般燦爛地活一回。阿玉九十九歲了，一晃眼百年將近，這一生，她看過多少次花開花落，春去秋來……

你敢有聽見花謝若落土
破碎是誰人的心肝……

——〈無言花〉歌詞

第二章

愛與不愛的變奏曲

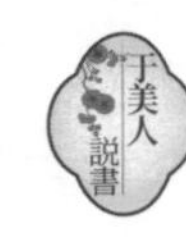

一個貞字，讓她拚命要嫁渣男

要講〈祭妹文〉，要先講講古代的婚姻制度——父母之命，媒妁之言。

「媒」是男方的媒人，「妁」是女方的媒人。古代婚嫁由父母決定，所以要靠媒人介紹，男女雙方各派一個媒人可以double check。

古人很清楚婚姻就是一場交易，交易就要看籌碼，籌碼要對等，所以講求門當戶對。

門當戶對在這裡用的是一種修辭技巧——「借代格」，不是看門的大小、材質，而是指雙方的社經地位。交易的形式有很多種類，其中一種就是——拿來報恩！

當年袁爸爸救了高家的長輩，高家提出婚配作為報答。所以，袁枚的妹妹袁素文的婚約小時候就定下來了。

說也奇怪，一直到了袁素文二十三歲了，高家都沒有派人來提親。高家長輩來信說明因為兒子有病不宜結婚，希望解除婚約。當事人袁素文自幼深受封建禮教的毒害，她說婚約早定，萬死誓相隨！但不堪的真相是，高家少爺有禽獸行為且屢教不改，高家怕以怨報德，結親變成結仇，所以才託病解約。

袁素文高估自己，也低估了男方的惡行，硬要嫁！若你是女方家人攔不攔？問題是攔不住啊！（現代也有攔不住的。）

大小姐以淚洗面，終日絕食，還差一點尋死。二十四歲，她終於嫁給了高少爺，一時被譽為貞女（不要驚訝，當時的社會對這樣的守諾行為是會讚美的）。

婚後果然不斷被家暴，最後高少爺甚至要把袁素文賣掉抵債。素文帶著女兒阿印（啞女）逃到尼姑庵後，才請人回娘家求救。袁家人接到消息後心痛欲絕，出手救援，義絕而歸。這一年袁素文二十九歲，十年後病逝，年僅三十九歲。

一代才女就此香消玉殞，她的女兒嫁人後也早逝，就葬在她旁邊。

這篇祭文在第一句就著眼了「乾隆丁亥冬」，是冬天喔，冬天吹北風，所以最後一句「朔風野人，阿兄歸矣」（朔風就是北風）。真是千里孤墳，無處話淒涼！

袁枚興趣多元，完全不守舊，曾經開辦女學，大力支持女性創作寫詩。所以你可以想像，他對親妹妹的遭遇有多心疼！

在封建社會，妹妹的婚姻不幸，一般來說都不願被公開，而袁枚卻願意讓人家知道。為什麼？因為，如果知道了，也許有人就可以踩在妹妹的傷口上跨過去，不要踩進那樣的陷阱，不要被那樣的禮教束縛、為邪惡所捕獲，那麼妹妹所受的痛苦也許會因此而有了意義……

〈祭妹文〉讀著讀著，彷彿每個字都暈成紅色的，字字血淚。是啊！花轎是妹妹自己一步一步踩上去的，以為是追逐幸福而去，誰知是走上絕路！

PS：網友Paul和咪咪讀過這篇後留言表示，袁枚妹妹的故事好令人心疼，以後有誰敢辜負他們的女兒，一定要跟他拚了。我則回覆：「親情從來不是愛情的對手，親情是受傷後的捕手！」

延伸閱讀

〈祭妹文〉◉清．袁枚

乾隆丁亥[1]冬，葬三妹素文於上元之羊山，而奠以文曰：

嗚呼！汝生于浙，而葬于斯，離吾鄉七百里矣；當時雖觭夢[2]幻想，寧知此為歸骨所耶？汝以一念之貞，遇人仳離，致孤危托落[3]，雖命之所存，天實為之[4]；

然而累汝至此者，未嘗非予之過也。予幼從先生授經，汝差肩[5]而坐，愛聽古人節義事；一旦長成，遽躬蹈之[6]。嗚呼！使汝不識《詩》、《書》，或未必艱貞若是。

〔……〕

嗚呼！生前既不可想，身後又不可知；哭汝既不聞汝言，奠汝又不見汝食。紙灰飛揚，朔風野大，阿兄歸矣，猶屢屢回頭望汝也。嗚呼哀哉！嗚呼哀哉！

註釋

1. 乾隆丁亥：乾隆二十二年（西元一七六七年）。2. 觭夢：觭讀音同基，觭夢指怪異的夢。3. 孤危托落：孤單困苦、失意落拓。4. 雖命之所存，天實為之：雖然是命中注定，其實也是上天的安排。5. 差肩：差讀音同雌，差肩即並肩。6. 遽躬蹈之：遽讀音同巨，立即；躬，親自；蹈，實踐。全句意思是，馬上親自實踐。

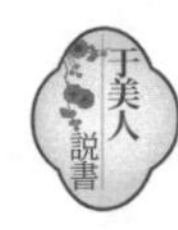

一對釵頭鳳，命運各不同

陸游，出生於北宋，成長於南宋。一生只為兩件事而活，一是北伐中原，二是思念唐琬。

唐琬是奉父母之命求娶的名門才女。這門親事陸游很滿意，拿著祖傳的鳳釵去訂親。唐琬是他的元配夫人，也是他的初戀情人。婚後兩人風雅相共，纏綿恩愛，伉儷情深！

結婚不到三年，婆婆以唐琬魅惑夫君、影響科舉考試、不孕無子等理由，強迫陸游休妻。

古代文人左肩扛著「忠」，右肩扛著「孝」，母命難違，東風惡吹，最後棒打鴛鴦散。休妻隔年，陸母再安排他續娶大家閨秀王氏。唐家也不甘女兒受辱，接受皇室望族的求親，將唐琬改嫁趙士程。

他們應該從此一別兩寬，各生歡喜。不管是心裡白月光，還是胸口硃砂痣，都深深埋藏。分開第七年，有一天唐琬偕夫婿遊紹興沈園，遇到陸游第三次科舉考試失敗，也來沈園散心。

七年了，自別後七年未見。當兩人四目相對的那一刻，唐琬心跳漏了一拍，指甲深陷掌心，緊緊握拳。她全身都是不見瘡疤的傷痛，但外表雲淡風輕，可那到底是挖心蝕骨的一段回憶啊！

唐琬丈夫出來打破僵局，上前向陸游問好，然後扶著唐琬離開。陸游呆立望著唐琬的背影，心裡盼著，回頭，求妳回頭，讓我再看妳一眼……求妳！

唐琬沒有回頭，她當時不知道今生已無緣再相見。

回頭的是趙士程身邊的小廝，端來一壺酒送給陸游，他仰頭一飲而盡，用思念和悔恨一起乾杯！字字含悲帶淚在沈園的院牆上寫下〈釵頭鳳〉。

紅酥手，黃縢酒，滿城春色宮牆柳。
東風惡，歡情薄。一懷愁緒，幾年離索。
錯、錯、錯。
春如舊，人空瘦，淚痕紅浥鮫綃透。
桃花落，閒池閣。山盟雖在，錦書難託。

莫、莫、莫！

後來有人在旁邊和詞（有一說是唐琬所作）。

世情薄，人情惡，雨送黃昏花易落。
曉風乾，淚痕殘。欲箋心事，獨語斜闌。
難、難、難！
人成各，今非昨，病魂常似鞦韆索。
角聲寒，夜闌珊。怕人尋問，咽淚裝歡。
瞞、瞞、瞞！

第二年唐琬怏怏而終，年二十八歲。趙士程在唐琬身故後，謝絕提親，終生不再娶。

沈園後來成為陸游愛情世界的唯一寄託，一生多次重回沈園。留下多篇詩文。八十四歲那年，陸游最後一次來沈園。一個老人對著時空的逆向追憶，夢斷香銷數十年。一生痴戀，終於到了尾聲！第二年陸游離世，八十五歲。

王師沒有北定中原。再過七十年，南宋亡。

PS：釵頭鳳的故事，每個人讀到的重點都不一樣，體會也不一樣。這就是經典，值得一讀再讀！

陸游後來娶的王氏四年生三子，總共生了七子。兩人婚姻維持五十年，陸游沒有為她寫過詩。

延伸閱讀

〈釵頭鳳〉◉南宋・陸游

紅酥手[1]，黃縢酒，滿城春色宮牆柳。
東風惡，歡情薄[2]。一懷愁緒，幾年離索。
錯、錯、錯。
春如舊，人空瘦，淚痕紅浥鮫綃透[3]。
桃花落，閒池閣[4]。山盟雖在，錦書難託。

莫、莫、莫！[5]

註釋

1.紅酥手：形容女子手部肌膚紅潤；又有說是一種香酥的點心。2.東風惡，歡情薄：春風如此可惡，把昔日的歡情都吹薄了。3.淚痕紅浥鮫綃透：浥，讀音同易，沾濕。鮫綃，傳說是鮫人所織的絲絹或薄紗，這裡指絹帕或紗帕。全句意思是，淚水洗去胭脂，濕透了手帕。4.閒池閣：寂靜清冷的池塘樓閣。5.莫、莫、莫：罷了、罷了、罷了。

最佳的勾引，原來是拒絕？

再來說一則與陸游有關的「小道消息」。

宋朝文風鼎盛遍及各階層，宋詞更是一絕，也包括講大白話、讓人一看就懂的作品，特別是講男女之情的。

宋詞的愛情有兩種，一種是符合倫理道德的男女之情，一種是衝破倫理道德的豔情——走私的愛情！

陸游曾經在四川做官，他的朋友帶回一位蜀妓，因為元配不讓進門，只好養在外室安置，隔三岔五地去探望她。男人病了，有一陣子沒來，只是寄了片紙兒慰離情。這位蜀妓寫了回信，託陸游轉交。我們來看看「專業」的怎麼撩人！

說盟說誓，說情說意，
動便春愁滿紙。（人都不來只寫信）

多應念得脫空經，（都是騙人的鬼話）
是那個先生教底？
不茶不飯，不言不語，
一味供他憔悴。（為他憔悴）
相思已是不曾閒，
又那得工夫咒你。

——〈鵲橋仙〉

大家看看，是不是術業有專攻？

第一段罵！第二段疼！

先對男人表達又氣又惱！但若全部只是抱怨，沒有美感，徒增厭煩。可若全部只是哀求，又很掉價，即使把自己低到塵埃裡也開不出一朵花。出身風塵的她，所有的愛與怨都撒滿糖霜。

要嘴上發嗔說不愛，但雙手甲伊攬牢牢！誰說情話只能從口出？

欲拒還迎，很多人只懂拒不懂迎，最後滿盤皆輸。

有時候，女人要媚眼流轉却冷若冰霜。這一刻才能明白，最佳的勾引，原來是拒絕啊。

PS：「詞」有很多角度可以解讀，這只是其中一個觀點。各位可以細細品味，找出不同的解釋。

謝謝網友提出的補充，特此抄錄如下：「惱人的是，誤把拒絕當勾引……」的確有些自我感覺良好的人可能產生誤會。戒之慎之！

下一世，你為女來我做男

漢朝辭賦大家「司馬相如」的傳世名作〈子虛賦〉中有兩個虛構的人名，一個叫做子虛先生，另一個叫做烏有先生。後來就把「子虛烏有」引申為一句成語，用在比喻假設而非實有的表述。

司馬相如的愛情故事和他的文學作品同樣不朽，流傳至今。

男主角司馬相如：四川人，有口吃，曾做過皇家侍衛，後來換了老闆，寫下〈子虛賦〉描寫諸侯打獵的盛況。這篇文章點閱率瞬間爆量，讓他成為地方上的名人。他也彈了一手好琴，曾獲贈一把名琴「綠綺」。

女主角卓文君：家有富爸爸，名叫卓王孫。從小被嬌養的她十六歲出嫁，可惜丈夫短命，十七歲守寡，回家靠爸。貌美又會彈琴，是十指不沾陽春水的千金小姐。

然後，就發生了簾後初見的故事。

卓文君聽說大才子司馬相如來家中作客，躲在簾後偷窺。司馬相如用琴聲撩妹，彈了一曲〈鳳求凰〉，文君聞弦歌而知雅意，收到暗示，當晚雪夜私奔，誓死相隨。

兩人相伴回到司馬家，文君一看，哇！家徒四壁，再看司馬相如，身無分文，只有一肚子墨水。

文君捨財就才，典當釵環首飾，開設酒館。文君當壚，站在櫃檯前賣酒；撥琴弦的手，現在撥算籌記帳。司馬相如穿著短褲洗盤子，拿筆的手，現在拿刷子。

後來是卓爸爸覺得太丟臉了，把兩個人叫回來，給錢，給房，給車馬。

不久之後，司馬相如時來運轉，皇帝（漢武帝）欣賞他的文章，讚嘆不已，找他到長安，封他為「郎」，司馬相如再寫下〈上林賦〉，更是深得聖心。

司馬相如升官外派茂陵，夫妻一別五年。此時，司馬相如聲望非常高，連當初看不起他的岳父都自稱當年有慧眼。

男人隻身在外，有錢有勢又有才華時會遇到什麼？

司馬相如想納妾，寫了一封信告知卓文君。一代辭賦大家寫家書，竟然只用了十三個字。這封信的全文如下：「一二三四五六七八九十百千萬」。

就這樣，只有一行字。卓文君立刻秒懂！這封信只寫到「萬」，無「億」！

司馬相如告訴卓文君：我對妳「無意了」。

這要怎麼回？卓文君的回信據說就是這首〈怨郎詩〉，一樣用數字對回去。

一朝別後，二地相懸。
只說是三四月，又誰知五六年？
七弦琴無心彈，八行書無可傳。
九連環從中折斷，十里長亭望眼欲穿。
百思想，千繫念，萬般無奈把郎怨。
萬語千言說不完，百無聊賴，十依欄杆。
九重九登高看孤雁，八月仲秋月圓人不圓。
七月半，秉燭燒香問蒼天；六月伏天，人人搖扇我心寒。
五月石榴紅似火，偏遇陣陣冷雨澆花端。
四月枇杷未黃，我欲對鏡心意亂。
忽匆匆，三月桃花隨水轉；飄零零，二月風箏線兒斷。
噫，郎呀郎，巴不得下一世，你為女來我做男。

是啊！讓你也當一回女人，嘗嘗被辜負背叛的滋味！

一生一世一雙人，只是子虛烏有？

據說，讓司馬相如回心轉意的是卓文君的另一首詩。

歷史記載：「卓文君做〈白頭吟〉以自絕，相如乃止。」所謂自絕不是自殺，而是你既無心，我便休！卓文君從此要和丈夫劃清界線。

後來，司馬相如停止納妾。他收到這首詩之後說：

誦子嘉吟，而回予故步。（讀誦到妳的詩，讓我歧路回頭）

當不吝負丹青，感白頭。（司馬相如回到卓文君身邊，兩人白頭偕老）

司馬相如人生最後十年受糖尿病之苦，卓文君不離不棄。一代才子最後死在妻子的懷裡，年六十二歲（約西元前一七九年～前一一八年）。

是什麼樣的詩，讓一個負了心的男人改悟？〈白頭吟〉全文較長，我節錄幾句關鍵句來討論：「聞君有兩意，故來相決絕」、「淒淒復淒淒，嫁娶不須啼」、「願得一心人，白首不相離」。

聽說你有了二心，那就各自婚嫁，誰也別為誰哭，我只願和一心一意的人共度白頭。

卓文君沒有一哭二鬧三上吊。她是蜀地人（四川多辣妹），祖先又是燕趙人氏，自古燕趙多俠士。

曾經有人問重慶女人怎麼和前夫相處？這個女子叱了一聲說道：「重慶女人沒有前夫，只有亡夫！」哇！犀利喔！（此處為比喻，不要認真。）

言歸正傳，你一定好奇，卓文君怎麼放得下？各位，越拿得起的人越放得下。

當初敢追求所愛，拿得起；現在就能斷捨離，放得下！

對方變心，妳立刻走人，那就是妳在這個男人心中扎下一根刺（因為妳不強留，把自己過好，他終會失落）。雖然妳轉身離去強忍不回頭，雖然妳全身癱軟淚千行，但妳會看得起自己。

對方變心，妳使出渾身解數搶回來，那就是妳在自己心裡扎下一根刺，被背叛過的傷痛和不甘心會一直反噬妳自己。

道理都懂，但知易行難！

你正在情傷？還是情已逝，傷還在？聽一段S.H.E的歌〈冰箱〉：

讓眼淚一次流夠要幾個枕頭
讓明天不再難過要多少紙鶴
讓熱情變成冷漠算不算罪過
讓愛情退冰多久，才可以化為烏有

會不會我們以為的真愛，只是我們的幻想？只是一場子虛烏有？

延伸閱讀

〈白頭吟〉◉西漢・卓文君

皚如山上雪，皎若雲間月。聞君有兩意，故來相決絕。
今日斗酒會，明旦溝水頭[1]。躞蹀御溝上[2]，溝水東西流。
淒淒復淒淒，嫁娶不須啼[3]。願得一心人，白首不相離。

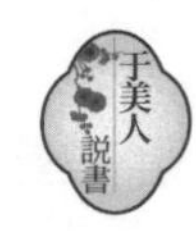

竹竿何嫋嫋，魚尾何簁簁[4]。男兒重意氣，何用錢刀為[5]。

註釋

1.今日斗酒會，明旦溝水頭：斗是盛酒的器具，兩句的意思是今日一起喝酒，明日在溝邊分手。2.躞蹀御溝上：躞蹀讀音同謝跌，小步慢行的樣子。全句意思是設想分別後，獨行在流經宮牆的渠水旁。3.啼：啼哭。4.竹竿何嫋嫋，魚尾何簁簁：嫋讀音同鳥，搖動的樣子；簁讀音同篩，魚跳躍的樣子。古時歌謠把異性間的追求以釣魚比喻，這裡有以前多麼情投意合的意思。5.男兒重意氣，何用錢刀為：意氣指情義或恩義；錢刀指錢，古時有鑄成馬刀形的刀錢。兩句意思是，男兒的情義是最重要的，何必貪求金錢？

愛與道德都要勇敢追求

我隨便說說，你們隨便聽聽！

清朝人蒲松齡的作品《聊齋誌異》是一部文言短篇的鬼怪小說。高中教材選了其中一篇〈嶗山道士〉，但對五年級生來說，最熟悉的應該是徐克導演的電影《倩女幽魂》。

蒲松齡的人生高光時刻停在他十九歲時，那一年他連續三場考試都順利過關，考上秀才之後，成為鄉里中的一時俊彥。

接下來他屢試不中，到七十一歲時，才勉強考上貢生（可以讀大學的資格而已）。考了幾十年考不上，真是見鬼了！

他的滿腔憤慨，寄託在鬼怪故事中——諷喻人世艱難，人鬼難分！

女鬼聶小倩十八歲身故異鄉，被樹妖夜叉脅迫，從事害人勾當，吸取男子血氣。她害人的招數，一共有兩招。

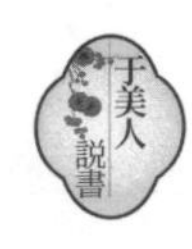

第一招色誘！深夜荒寺中，容顏姣好的小倩來請求暫宿的公子幫忙……「月夜不寐，願修燕好」。白話文就是，奴家半夜睡不著，想和您行男女之事，可以嗎？

很多男子，死在這招。

第二招「財誘」！留下黃金一錠放在床上，如果收了就會死。因為那其實是一塊羅剎鬼骨，會截取人的心肝。

書生寧采臣皆不為所動，讓女鬼小倩感其義氣干雲，反而要求他拔生救苦，幫助自己收攏朽骨，歸葬安宅。

寧采臣毅然諾之，一口答應幫助小倩。

之後有俠客燕赤霞和小倩的幫忙，寧采臣躲過老魅的追纏，最後幫助小倩安葬故土，並且收服老妖。

故事的結局就不要用科學判斷——聶小倩化為人形報恩，兩人成親生子，Happy ending！

這裡可以討論一個習俗，就是「樹高千丈，落葉歸根」的觀念。

唐朝韓愈的哥哥當年死在廣東，韓愈和嫂嫂鄭氏帶著姪子十二郎一起護送哥哥靈柩，萬里奔波回到河南安葬。這一趟路就走了兩年，不辭勞苦都要讓哥哥歸葬故土。為什麼？

因為「客土不佑」，葬在他鄉不能得到庇佑。所謂人不親土親，所以聶小倩要歸葬本鄉，才能安魂定魄。

現代人不禁不忌，也就沒有這些講究了。不知生，焉知死？

PS：記住，財與色的誘惑不只在人鬼之間，只要貪財好色心一起，則邪氣進矣。千萬不可自滿，覺得自己定力夠，那是你還沒有遇到高手！她會讓你明知道她是虛情假意，卻仍舊信了她的邪。戒之慎之！

延伸閱讀

《聊齋誌異．聶小倩》◉清．蒲松齡

方將睡去[1]，覺有人至寢所。急起審顧[2]，則北院女子也。驚問之。

女笑曰：「月夜不寐，願修燕好[3]。」

寧正容曰：「卿防物議，我畏人言；略一失足，廉恥道喪。」

女云：「夜無知者[4]。」寧又咄[5]之，女逡巡若復有詞[6]。

寧叱：「速去！不然，當呼南舍生知[7]。」

女懼，乃退。至戶外復返，以黃金一錠置褥上。寧掇擲庭墀[8]，曰：「非義之物，污吾囊橐[9]！」

女慚，出，拾金自言曰：「此漢當是鐵石。」

詰旦[10]有蘭溪生攜一僕來候試，寓於東廂，至夜暴亡。足心有小孔，如錐刺者，細細有血出。俱莫知故[11]。〔……〕向晚[12]，燕生歸[13]，寧質[14]之，燕以為魅。〔……〕宵分，女子復至，謂寧曰：「妾閱人多矣，未有剛腸如君者。君誠聖賢，妾不敢欺。小倩，姓聶氏，十八夭殂[15]，葬寺側，輒被妖物威脅，歷役賤務；覥顏[16]向人，實非所樂。今寺中無可殺者，恐當以夜叉來。」

註釋

1.方將睡去：剛要睡著。2.審顧：環視查看。3.願修燕好：願與你行男女之事。4.夜無知者：夜裡沒有人知道。5.咄：讀音同踀，叱罵。6.逡巡若復有詞：猶豫著似乎還有話說。7.當呼南舍生知：大聲喊讓住在南邊屋舍的書生知道。8.掇擲庭墀：拾起來丟到庭院。9.橐：讀音同陀，袋子。10.詰旦：隔天早上。11.俱莫知故：所有人都不知道原因。12.向晚：到了晚上。13.燕生歸：燕赤霞回來。14.質：詢問。15.十八夭殂：十八歲就死了。16.覥顏：臉色羞愧或厚著臉皮。

苦守寒窯十八年的王寶釧

濕冷的天氣，隨機播放的歌曲傳來徐佳瑩的歌聲，唱著：「我愛誰，跨不過，從來也不覺得錯，……我身騎白馬啊～走三關……」

《薛平貴》是歌仔戲最有名的劇目，似乎每個人都能唱上兩句。虛構的民間戲曲，傳唱一代又一代。因為過去苦守寒窯望君歸的婦女，也是一代又一代。

王寶釧守了十八年，也苦了十八年，她走過春夏秋冬，也看盡孤雁劃長空。是什麼樣的信念可以讓人長久等待？是愛？是念？還是認命？

多年的大道走成河，多年的媳婦熬成婆。

最後王寶釧苦盡甘來，夫妻團圓，鳳冠霞帔，榮華富貴！只有這樣的結局，才能安慰現實生活中還在苦等的人。

你會笑她傻嗎？你也有等待的人嗎？

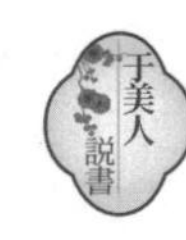

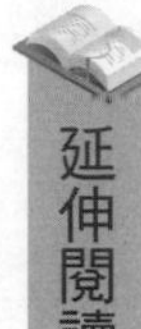

延伸閱讀

《武家坡》◉京劇

（薛平貴）提起當年淚不乾，夫妻們寒窯受盡了熬煎！自從降了紅鬃馬，唐王駕前去討官。官封我後軍都督府，你父上殿把本參。自從盤古立地天，哪有岳父把婿參？西涼國造了反，薛平貴倒做了先行官。兩軍陣前遇代戰，她把我擒下了馬雕鞍。多蒙老王示恩典，反把公主配良緣。西涼的老王把駕晏[1]，眾文武保我坐銀安[2]。那一日駕坐銀安殿，賓鴻大雁口吐人言。手執金弓銀彈打，打下了半幅血羅衫。展開羅衫從頭看，才知道寒窯受苦的王寶釧。不分晝夜往回趕，為的是夫妻們倆團圓。三姐不信屈指算，連來帶去十八年。

註釋

1.駕晏：指帝王之死。2.銀安：古代親王或諸侯王的宮殿，此指坐上了西涼國王位。

真假丈夫，一個因為愛重生又死去的故事

時間大約是十六世紀，地點是法國里昂附近的農村。

女主角伯特蘭，我們就簡稱她「阿蘭」。

阿蘭的丈夫叫做馬丁，是一位平凡的法國農夫。他喜歡冒險，不愛待在家裡，有一天竟然離家出走了！剛開始大家以為馬丁玩夠了，就會回家。然而，一年不見人，兩年沒音訊，阿蘭等了十年，村民都說馬丁不會回來了……想不到第十年，馬丁回來了！

他變開朗了，雖然大鬍子把他的臉遮住一大半。但是，他記得他的兄弟們，也叫得出村民的名字，更記得從前發生過的事。馬丁還樂於助人，所以很快的，馬丁就被大家接納了。

馬丁似乎要為自己缺席十年做補償，對阿蘭和孩子非常溫柔。馬丁的幽默讓阿蘭常常要跑出屋外笑得仰天俯地，阿蘭說屋子太小，幸福太滿！

他們家裡也添了新寶寶，馬丁更努力地工作，他是全家人的依靠。他總是笑臉迎人，幾乎沒有解決不了的事。唯一讓他困擾的，就是叔叔欠錢不還，哎！

這天，村裡來了個流浪漢，東家長西家短地閒晃，突然看到馬丁，大喊：「阿諾，你怎麼會在這裡？」

馬丁笑了一笑：「我不是阿諾，我叫馬丁，您認錯人了。」

叔叔把流浪漢拉到一旁，兩人耳語了一番。

兩天後，馬丁被告上法庭，阿蘭和馬丁的兄弟以及村民們，都出來為他作證，他就是馬丁本人無誤。

阿蘭更是全力為丈夫背書，因為如果他不是馬丁，那麼阿蘭跟他就是通姦，他們的小孩就是私生子！

幸好，法院判定「這位馬丁」就是原本阿蘭的丈夫馬丁。

叔叔和流浪漢不死心，告到里昂的高等宗教法庭。

吼！又是一場搞到人仰馬翻的法庭交鋒和激辯。博學的法官最後做出判決，就在要落槌的時候……慢著，有一個腿受傷的男人出現了，他大喊：「我才是馬丁！」

案情急轉直下，這名證人與年輕時的馬丁更加相似，大家不禁陷入懷疑。最後，冒名頂替者承認他和馬丁是在戰場上認識的，他的真實名字叫做阿諾。他在軍中常常和馬丁聊天，非常羨慕馬丁的生活，還聽到馬丁說他永遠不會回到他的村莊⋯⋯

於是，阿諾決定取代馬丁的位置，才有了後來的故事。此時，阿諾回頭看了阿蘭一眼，不再辯解。

接著，法庭上的阿蘭突然改變主意，說新的證人才是真正的馬丁，她也被騙了。

最後阿諾被判處死刑，綁在火柱上處以火刑。

結局是法官站在阿蘭身邊，問阿蘭：「妳一開始就知道對不對？」

「對！」

「妳為什麼要替他隱瞞？」

「因為他比我以前的丈夫好。」

「那妳為什麼最後反悔了，不承認他是馬丁？」

「因為我看懂他的眼神，他希望我和孩子都能夠活下去。」

這個故事的原型來自一份當年法官的判決書，後來真假馬丁的故事流傳開來，在法國家喻戶曉。四百年後，歷史學家娜塔莉・戴維斯（Natalie Zemon Davis）根據正史和野史等史料，並參考各種戲劇等，還原馬丁生活的時代。最後寫成一本書《馬丹・蓋赫返鄉記》（*Le Retour de Martin Guerre*），並被改編成電影。因為太受歡迎，後來電影也有了美國版本。

在中世紀時期，當時人普遍認為「在丈夫不在場的情況下，不管多少歲月流逝，妻子都沒有再婚的自由，除非妻子握有任何能證明他死亡的證據」。

各位！你現在明白阿蘭的處境有多為難了吧。

她既不算妻子，也不是寡婦，身為一個中世紀的鄉村婦女，她沒有自主權，更沒有再婚的可能。

阿諾的出現，解決了阿蘭的困境。何況，這個冒名的丈夫給予她需要的愛與呵護，真正的丈夫卻拋棄她，阿蘭的選擇不多。

如果馬丁沒有回來，阿諾和阿蘭會繼續生活下去吧！

但是馬丁回來了，把阿諾送上死亡之路，也斷送了阿蘭的幸福。

在歷史的考驗當中，會發現人性的特質是如此錯綜複雜，並不是那麼黑白善惡分明的。

我們是在多元複雜中尋找人生意義。

亂世情緣，牽扯著三個人的一生

嫁給飛官，曾經是令人羨慕的事！

為了寫這篇文章，我電訪了馬西屏老師，他是當年第一個寫這個故事的記者。

一九五六年，貌美如花的眷村女孩張家淇嫁給「空軍幼虎」張立義。二人結褵九年，生了一女二男，家庭和樂。

張立義婚後進入黑貓中隊，經常出任務，小別勝新婚是他們的日常。

一九六五年，張立義駕駛的U2偵察機在大陸被共軍擊落，當時他們的小兒子才十個月大。空軍司令部宣布張立義殉職，人死不能復生，安頓孤兒寡母北上落戶。

張家淇爭取進入華航會計處工作，能有一份薪水，撫養三個小孩。張家淇母兼父職，是一位辛苦的單親媽媽。所有人都說張立義生機渺茫，只有張家淇一直相信先生還活著，拒絕了所有追求者！

活在沒有希望的盼望中，張家淇就這樣苦守了八年。

一九七三年，她答應了何忠俊上校的求婚。唯一的條件是，如果張立義能活著回來，她必須離婚，何先生同意了。

何上校和張家淇婚後沒有生小孩，何先生是盡職的丈夫和女婿，對家淇的父母和奶奶盡孝，養生送死，幫忙栽培三個孩子，個個學業有成。

一九八二年，經過美國的努力，中國釋放張立義，讓他能離開大陸抵達香港。當空總告訴張家淇這個消息時，家淇雙手掩面，嗚嗚地哭出聲來……多年的盼望，似幻似真！

張家淇立刻飛去香港。兩人見面後，家淇有些緊張地問了張立義：「你在大陸有結婚嗎？」

「沒有。」

「你有想過再婚嗎？」

「從來沒有。」

張家淇又喜又愧疚，前夫有情，後夫有義，她抬頭問天，造化弄人至此，尚復何言？

空軍因為種種「政治因素」，不讓張立義回來台灣，他後來去了美國。

直到一九九〇年，張立義獲准回到台灣，他沒有逼張家淇離婚，他說他可以一直等下去。

何上校決定成全，簽字離婚，結束十七年的「婚姻」，一年後也離開台灣。這對亂世情人終於團聚，執子之手十二年後，家淇因病過世。張立義傷心不已，二〇一九年帶著對妻子的美好回憶走完了人生，享壽九十一歲。

想想所有的歲月靜好，是多少上一代的長輩們為我們承擔了無情的戰亂、時代的風暴。

PS：馬西屏讀了這篇後留言：「于美人最近寫了張立義的愛情故事，引發轟動，很多朋友都在轉傳。這是一件好事，空軍英雄故事，應該讓國人知道。

全台灣最早寫張立義故事的是我。一九九〇年張立義回到台灣，我親自到中正機場接機，去接機的官校同學中，我認識一半。負責舉軍旗的是賀長亨，因為他是所有同學中最高的，鶴立雞群。如果有看過我的書《穿雲》就知道賀長亨，他住在治平巷五號，在我家隔壁的隔壁，賀長亨的故事跟張立義一樣曲折離奇，感人肺腑。

另外那天張立義太太張家淇躲在角落，有位閨蜜陪著她，此閨蜜是王錫爵的太太。王錫爵一九八六年飛的華航貨機去了廣州白雲機場，轟動一時，也是我採訪的。一位先生從大陸回來，一位先生從台灣飛去了大陸。兩位女人在角落互相打氣，心中感觸良深。

張立義回來之後我在《中央日報》三版幾乎全版，寫了張立義、張家淇、何上校的愛情故事，這個故事第一次完整曝光。因為我姑姑跟張嘉淇是髮小，一起在東港眷村長大，張立義跟張家淇結婚，我姑姑是伴娘，所以我有最新的第一手資料。現在于美人重新讓這個故事回到人們的記憶中。

我從小就喜歡寫空軍的故事，主要的目的是向這些英雄們致敬。

『敬禮！』」

第三章 好個溫潤如玉的名士才子

一善破千災，己所不欲的最高境界

來寫個古今對照的好人好事代表。

魏晉南北朝是一個很精彩的時代。沒有大一統的英主，雖然亂世流離，但社會風氣是開放的。官僚世家化，造就了幾大門閥士族。初次見面就先問候你爸是誰，才決定要不要認識你……同理，自我介紹也是先亮祖先招牌。

這也是帥哥最多的時代！今天要介紹的帥哥叫庾亮，是個帥到掉渣的名嘴，專長是清談辯玄理，封征西將軍，親妹妹是皇后。

《世說新語》德行類有一篇〈庾公乘馬有的盧〉，庾公就是庾亮。「的盧」是指額頭白色的馬，古人認為是凶馬，會危害主人。

話說有一天，有人看見庾亮騎了一匹「的盧」，說此馬大凶，勸他趕快賣掉！庾亮說我若賣牠，就有人會買牠，這樣不就等於傷害買了牠的主人，怎麼可以因為對自己不利，就嫁禍給他人呢？此時，庾亮還舉了孫叔敖為後人殺兩頭蛇的故事，古人傳為美談，所以他要效法。

故事到這裡，不要問我後來那匹馬去了哪裡？沒有不死的馬。

回到現代，我去上風水課時，聽到一個故事。坐好，我要開始講了……

這是一個真實的故事。有一對事業有成的夫妻，在北部買了兩個地穴，從北港把父母的骨骸移到此處安放，方便祭拜。不過三年，兒女在國外都身體欠安，最嚴重的是先生心臟出問題，太太經常莫名頭暈（有病請先看醫生）。

他們機緣巧合遇到一位教授，陪同到安放靈骨的現場一看，見地穴上蓋的大理石反潮變色，老師判定裡面浸水，果然！

夫妻倆立刻決定遷葬。先生和業者說要退掉這個地穴，還可以拿回幾十萬。太太靜立在旁，默然無語了好久，把先生攔下來，說道：「我們全家這三年來經歷這麼多病痛，我們怎麼可以再讓不知情的人遭受相同的痛苦？」太太告訴業者，不用退款，就填了吧，不要再拿出來賣！

後來，兩夫妻還是把父母葬回北港。

事後，先生問教授還要注意些什麼？教授笑答：「你娶了個好太太，一善破千災。你們家會好的。」

這兩個故事相距一千七百年，善念相輝映。

PS：重點是善念！尊重每個人的信仰，不要迷信。

延伸閱讀

《世說新語．德行》◉南朝宋．劉義慶

庾公乘馬有的盧[1]，或[2]語令賣去。庾云：「賣之必有買者，即復害其主。寧[3]可不安己[4]而移於他人哉？昔孫叔敖殺兩頭蛇以為後人，古之美談，效之，不亦達[5]乎！」

註釋

1.的盧：讀音同地爐，額頭有白毛或白斑的馬，一般認為不祥。2.或：有人。3.寧：難道。4.不安己：對自己不利。5.達：通達事理。

五柳先生與五斗米

陶淵明的文學地位是死後才受到肯定的。宋朝歐陽修盛讚陶淵明的〈歸去來兮辭〉是晉朝唯一可讀的文章，從此他的作品列入暢銷排行榜！

陶淵明，字元亮，一名潛（東晉改朝換代後，他就改名為陶潛，從此潛龍勿用），自號五柳先生。

他最被人傳頌的是不屑為「五斗米折腰」，最後的官職是縣令，只做了八十一天。離職原因是有長官來縣府視察，主任祕書叫他一定要服裝儀容整齊親自躬迎，陶先生就不幹了，辭官歸隱。最後固窮自守，六十二歲病死。喪禮菊花不用買，東邊籬笆種很多！

很多人可能更想知道：「五斗米」等於現在多少薪水？意思是人的腰部柔軟度，可以根據薪水的多少來決定。

「五斗米」教科書都解釋為「微薄的俸祿」，當時的薪水是半錢半穀，陶淵明的薪資是月錢二千五百、米一百五十斗。換算起來，一天有五斗米加八十三塊錢（以當時的物價計算，並不差）。

介紹一下陶淵明的祖先。他的曾祖父陶侃，就是那個為了北伐中原每天搬磚練身體的人，曾經和庾亮一起合作平亂。後來也是知所進退，才能安享晚年，活到七十六歲。可惜富不過三代，到曾孫陶淵明這一代已經家道敗落！

〈桃花源記〉只有三百二十個字（不含標點符號）。這篇散文真的厲害，時間地點人名（南陽人劉子驥）都是真的，其他都是假的。

「晉太元中，武陵人，捕魚為業……」十一個字，人事時地就全交代清楚了。太元是東晉孝武帝司馬曜的年號，太元八年（西元三八三年）打贏淝水之戰後，這個皇帝就開始喝酒喝到三十五歲，然後被後宮的張貴人用棉被悶死。

〈桃花源記〉用寓言方式，描繪出一個豐衣足食、恬靜祥和的烏托邦世界，令人嚮往。

在亂世，人能活著就是一項成就了，所以很多人沒得選。

陶淵明不願與統治者同流合污，他的選擇是：寧可粗茶淡飯，也要挺直了脊背不受束縛地活着。

人生的選擇很難，蕭伯納說過人生有兩個失望，一個是得不到你想要的，另一個是得到你想要的。

桃花源是回不去的家，還是醒了的夢？

人生是一場打不贏的仗！

延伸閱讀

〈桃花源記〉節錄◉東晉．陶淵明

晉太元中，武陵人，捕魚為業。緣[1]溪行，忘路之遠近。忽逢桃花林，夾岸數百步，中無雜樹，芳草鮮美，落英[2]繽紛。漁人甚異之，復前行，欲窮其林[3]。林盡水源[4]，便得一山。山有小口，彷彿若有光。便捨船，從口入。

初極狹，纔通人[5]。復行數十步，豁然開朗。土地平曠，屋舍儼然[6]。有良田、美池、桑、竹之屬，阡陌交通[7]，雞犬相聞。其中往來種作，男女衣著，悉如外人[8]；黃髮垂髫[9]，並怡然自樂。

註釋

1.緣：沿著。2.落英：落花。3.欲窮其林：想要走到林子的盡頭。4.林盡水源：林子的盡頭是溪水的源頭。5.纔通人：只容一人通過。6.儼然：整齊的樣子。7.阡陌交通：田間小路交錯互通。8.悉如外人：與外面的人全都一樣。9.黃髮垂髫：老人與孩童。黃髮指老年人；髫讀音同條，指的是小孩額前垂下的頭髮，由於孩童不束髮，因此稱為垂髫。

對決陰暗面，身正不怕影子斜

唐宋古文八大家，宋朝占了六家，全部集中在北宋仁宗時代。領銜第一棒就是歐陽修，後面的三蘇（蘇洵、蘇軾及蘇轍三父子）、曾鞏、王安石，不是他的學生就是他提拔的人，個個是強棒！

歐陽修字永叔，號醉翁、六一居士。身為諫官的他，平常容易得罪人，公事上抓不到把柄，對手用了一個桃色醜聞告發他。雖然後來查無實證，但輿論大譁，他被貶官外放。到了安徽滁州，歐陽修寫下〈醉翁亭記〉，「醉翁之意不在酒，在乎山水之間也」這句名言流傳至今，每一代都有人歪樓。

歐陽修年輕時曾遇過一個和尚，和尚看了他的面相說：「你耳白於面，將來必名滿天下。但唇不覆齒，會多言惹禍。」果然他二十三歲中進士，文史詩詞樣樣精通，成為北宋文壇領袖，名滿天下。從政四十年，也因正直敢言，被貶官三次。應驗多言惹禍！（參見「當一場家事成了動盪朝堂的黨爭……」篇）

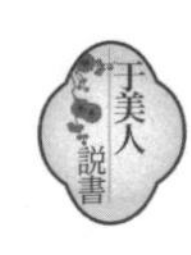

他晚年寫〈六一居士傳〉，用對話體自問自答。說明他一生在做官和追求個人興趣之間的取捨，並表達不再留戀功名的決心。三年後過世，年六十六歲。

文中，提到他不會像莊子所譏諷的那個人一樣，因為害怕影子而跑到陽光中去。他本來就知道俗世的名聲不可逃脫，也沒有要逃避。他從不害怕和自己生命中的影子對決！

這讓我想到日本作家村上春樹領取安徒生童話獎的感言。他提醒大家：「每一個人都有自己的影子，那是我們人生中的陰暗面。我們需要去面對它，如果你一味地去避開陰暗面，那影子會快速成長，最後取代你成為主人。」

在黑暗隧道中，你必須勇於對抗自己的陰影。面對陽光，陰影將永遠在你的背後！同場加映：來看看歐陽修下班後，帶點陰暗面的活動。下面是他為歌女填的詞，簡直不敢相信這闋詞和〈縱囚論〉竟是出自同一個人。

極得醉中眠，迤邐翻成病。
莫是前生負你來，今世裡、教孤冷。
言約全無定，是誰先薄倖。
不慣孤眠慣成雙，奈奴子、心腸硬。

——〈卜算子〉

厲害吧！把妹也是要有程度的。

延伸閱讀

〈醉翁亭記〉節錄◉北宋・歐陽修

已而[1]夕陽在山，人影散亂，太守歸而賓客從也。樹林陰翳[2]，鳴聲上下，遊人去而禽鳥樂也。然而禽鳥知山林之樂，而不知人之樂；人知從太守遊而樂，而不知太守之樂其樂也。醉能同其樂，醒能述以文[3]者，太守也。太守謂誰？廬陵[4]歐陽修。

註釋

1. 已而：不久。2. 翳：讀音同易，遮蔽。3. 述以文：寫文章來記述這次的樂事。4. 廬陵：今江西省吉安市，歐陽修是吉州廬陵人，曾創廬陵學派。

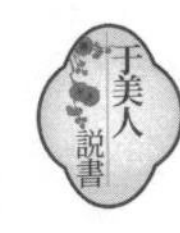

磊落一生真名士，歸去也無風雨也無晴

蘇軾（號東坡居士）是一個人見人愛、花見花開的大才子！他的長相是修髯朗眉，聽說背後有痣，排列像星斗。十九歲娶妻王弗，洞房花燭；二十歲和弟弟蘇轍同一年考中進士，金榜題名。

正是春風得意馬蹄急，要大展身手時，不幸接連經歷了喪母（需守喪三年）、喪妻、喪父（再守三年）。到了三十三歲，再娶元配堂妹王閏之（據說是岳父捨不得這麼好的女婿被搶走，把王家的另一個女兒嫁給他當繼室）。

王閏之最辛苦，陪蘇東坡度過幾乎要抄家問斬的文字獄「烏台詩案」。王安石和太后為他求情，才免一死。（參見「和而不同，他們成就了君子之爭」篇）

蘇東坡的一生都在新舊黨爭中兩邊不討好，得罪王安石又得罪司馬光。仕途坎坷，困厄如斯，未能大用，豈非命乎！

四十五歲左右被貶官，外放到黃州。沒有薪水，一開始住廟裡，後來才在東邊的山坡築草堂居住，此後自稱「東坡居士」。

此時，繼室王閏之要負責耕種，安置一家老小。文人通常是生活白痴，幫不上忙。還記得陶淵明嗎？「種豆南山下，草盛豆苗稀」，文人農作技術是不是很爛？才會野草長得比豆苗還多。

在黃州時，對手派人監視他，沒想到他竟把苦日子活出甜味來！不僅去遊赤壁，還去了兩次，寫下兩篇〈赤壁賦〉——〈前赤壁賦〉（又稱〈赤壁賦〉）及〈後赤壁賦〉。

每天吃東坡肉配竹筍，他說無肉令人瘦，無竹令人俗。於是，對手再出招，把他貶到惠州（廣東）。古時貶官，離皇帝越遠，就表示懲罰越重。到了廣東，蘇東坡寫信給京城的朋友，說他一天吃三百顆荔枝，日子過得可好呢！

真是一個無可救藥的樂天派！那就再貶，這一次把蘇東坡貶到了海南島。這時候他已經六十歲，他的繼室和小妾朝雲都過世了，只帶著大兒子蘇邁陪他（怕老爹死在海南，無人收屍）。

要過海時，弟弟蘇轍在碼頭送別。兩兄弟抱頭痛哭，恐怕哥哥此去，會一別成永訣。

到了海南島，他愛上了當地的芋頭，而且還開書院，授課講學。有一句話說「蘇

軾不幸海南幸」，在宋朝，海南島總共考上十二位進士，都是他的功勞。到今天，海南島人還感念他的功績。

六十五歲那年遇到皇帝大赦，終於可以北返，六十六歲到常州時生病，他集合全家，臨死前說了一句話：「這一生，我眼中沒有遇過一個壞人！」（眼前見天下無一個不好人。）

蘇東坡的寬容、瀟灑、開闊的人生態度，是宋朝最滋補的心靈雞湯，而且是取之不盡、用之不竭的無盡寶藏。人生所有的困境，都可以在他的詩文中找到安慰，找到力量！

現在，請套上草鞋、拿起竹杖，讓我們跟隨他的腳步一起穿過人生的風雨。

延伸閱讀

〈定風波〉◉北宋・蘇軾

三月七日[1]，沙湖道中遇雨。雨具先去[2]，同行皆狼狽，余獨不覺，已而遂晴[3]，故作此。

莫聽穿林打葉聲，何妨吟嘯且徐行[4]。
竹杖芒鞋輕勝馬，誰怕？一蓑煙雨任平生。
料峭春風[5]吹酒醒，微冷，山頭斜照卻相迎。
回首向來蕭瑟處[6]，歸去，也無風雨也無晴。

註釋

1.三月七日：此為元豐五年（西元一〇八二年），是蘇軾外放到黃州的第三年，同年還寫了前後兩篇〈赤壁賦〉。2.雨具先去：拿雨具的人已經先走了。3.已而遂晴：不久就放晴了。4.吟嘯且徐行：高聲吟詠慢慢走。5.料峭春風：春風吹在身上感覺微冷。6.回首向來蕭瑟處：回頭看向先前走過的那片蕭瑟冷清之處。

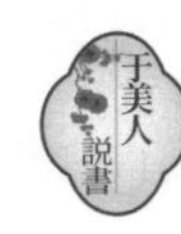

唯見江心秋月白的白居易

唐朝是一個詩的朝代，出現過詩仙、詩聖、詩佛。今天介紹一位「詩魔」，他是白居易。

白居易十六歲時從安徽到長安求發展，為了拓展人脈，拜訪一位長輩名叫顧況，顧老一看到他的名片就笑了。「你叫居易啊，哈哈，長安米貴，長安居大不易喔！」

白居易尷尬地笑了兩聲，遞上自己的詩，請對方指教。顧老看到其中兩句之後，立刻正眼瞧著白居易說：「有句如此，居易何難？」那兩句就是「野火燒不盡，春風吹又生」，當天顧況幫他發臉書，白居易一夜成名，就在長安住下了。

白居易二十九歲考上進士，而且是同榜最年輕的。那一年錄取率低到沒有人性，三千個考生只錄取十七位。有詩為證！「慈恩塔下題名處，十七人中最少年」，他從此平步青雲。

他三十五歲時寫下〈長恨歌〉，爆紅海內外，連皇帝都被他圈粉。把他從地方調回長安擔任「左拾遺」，類似幫助朝廷補救施政缺失遺漏的監察委員。

白居易認真針砭時政，反映民生疾苦。各位，這樣的監察委員豈能久乎？果然被貶官，唐憲宗元和十年（西元八一五年），他四十四歲時，貶為江州司馬。

第二年秋天，一個有月光的晚上，白居易送客至江邊，遇到獨守空船的琵琶女，「千呼萬喚始出來，猶抱琵琶半遮面」。聽她自訴身世，當年她在長安也曾紅極一時，後來「老大嫁作商人婦，商人重利輕別離」，如今孤單飄零。引以為傲的琵琶彈奏，江州也無人能懂，低眉信手續續彈，聊以自娛而已。

白居易在她弦弦掩抑的琵琶聲中，也同感自己的官場不得志。

是啊！曾經的意氣風發，已隨風而逝。想要詩文報國的夢想，也夢碎江州。不論是朝堂上的白居易，還是教坊中的琵琶女，都曾經歷過長安的繁華大夢。好夢從來容易醒，今晚的相遇……（參見「芳華易老，人生若只如初見」篇）

「同是天涯淪落人，相逢何必曾相識。」是同病相憐，也是惺惺相惜。

座中泣下誰最多？江州司馬青衫濕！

人力終有窮，天道終有定！白居易四十九歲回到長安，從此明哲保身，隨遇而安，鋒芒盡斂。樂天知命，七十四歲過世。

他一生寫詩超過三千首，今天還保存二千九百一十六首。

延伸閱讀

〈琵琶行〉節錄◉唐·白居易

我聞琵琶已嘆息，又聞此語重唧唧[1]。同是天涯淪落人，相逢何必曾相識！
我從去年辭帝京，謫居臥病潯陽城。潯陽地僻無音樂，終歲[2]不聞絲竹聲。
住近湓江地低濕，黃蘆苦竹遶宅生。其間旦暮[3]聞何物？杜鵑啼血猿哀鳴。
春江花朝秋月夜，往往取酒還獨傾。豈無山歌與村笛，嘔啞嘲哳[4]難為聽。
今夜聞君琵琶語，如聽仙樂耳暫明。莫辭更坐彈一曲，為君翻作琵琶行。
感我此言良久立，卻坐促弦[5]弦轉急。淒淒不似向前聲[6]，滿座重聞皆掩泣。
座中泣下誰最多？江州司馬青衫濕！

註釋

1.唧唧：讀音同即即，嘆息聲。2.終歲：一整年。3.旦暮：早晚。4.嘔啞嘲哳：嘲哳讀音同潮扎（二聲），全句意為聲音嘶啞吵雜，刺耳難聽。5.促弦：轉緊琴弦。6.向前聲：先前的琵琶聲。

生活要節儉，感情要收斂

北宋天聖四年（西元一〇二六年），京城流行一本畫冊，這本畫冊跨越千年，流傳至今。畫冊中，年僅七歲的司馬光發揮機智「砸缸救人」，這個故事家喻戶曉，傳誦至今！

然後，因為這篇〈訓儉示康〉，我們與司馬光再度相遇。

有時候，文章的價值不在寫作年代的遠近，而在於內容有沒有智慧。〈訓儉示康〉是司馬光寫給兒子的家訓，「由儉入奢易，由奢入儉難」，闡述節儉的道理還有比這兩句更精闢的嗎？

生活要節儉，那感情呢？司馬光認為感情也不能放任，三妻四妾會把家庭情況複雜化，這樣的關係往往伴隨著凶險。

司馬光的夫人是禮部尚書的女兒張氏，夫妻恩愛。張氏因為生二子皆早夭，擔心司馬光無後，她要為夫納妾，但遭到司馬光斷然拒絕！偏偏張氏不死心，使出各

種招數，往書房中強塞丫環、去娘家巧遇表妹……招招不靈。

司馬光為免夫人不安於無子，直接過繼哥哥的兒子為嗣子，也就是〈訓儉示康〉中所訓的兒子——司馬康。

嗣子在宋朝法律上完全等同親生子，夫妻兩人用心教導司馬康，視如己出。孩子自己也很成材，後來還幫助司馬光修史書；為報答養育之恩，心甘情願為司馬光守孝三年。（參見「當一場家事成了動盪朝堂的黨爭……」篇）

司馬光字君實，忠厚又老實！但世事難兩全，忠實的男人難免無趣。

夫妻相處有一段軼聞。話說有一年上元節，張氏想出門去看花燈，司馬光說：「家裡不是有點燈嗎？」

張氏說：「不是嘛，我順便可以看看街上的遊人啊！」

司馬光說：「難道我是鬼？」

司馬光對待妻子生前不納妾，死後不續弦。「夫人既亡，公常忽忽不樂，整日呆坐……」司馬光一生清廉，為了厚葬妻子把田地都典當了，口拙情深的男人！

大家還記得司馬光的政治對手是誰嗎？

就是變法派的王安石。

其實，這兩個人的感情觀很像，王安石也是一個奇葩，他不納妾、不召妓。不

沾惹風塵的兩個政治家，卻是死對頭。（參見「人言不足畏，宰相肚裡能撐船」篇）

延伸閱讀

〈訓儉示康〉節錄 ◉ 北宋・司馬光

張文節[1]為相，自奉養如為河陽掌書記時[2]，所親或規之[3]曰：「公今受俸不少，而自奉若此。公雖自信清約，外人頗有公孫布被[4]之譏。公宜少從眾[5]。」公歎曰：「吾今日之俸，雖舉家錦衣玉食，何患不能？顧人之常情，由儉入奢易，由奢入儉難。吾今日之俸豈能常有？身豈能常存？一旦異於今日，家人習奢已久，不能頓儉，必致失所[6]。豈若吾居位、去位、身存、身亡，常如一日乎[7]？」嗚呼！大賢之深謀遠慮，豈庸人[8]所及哉！

御孫[9]曰：「儉，德之共也；侈，惡之大也。」共，同也；言有德者皆由儉來也。夫儉則寡欲，君子寡欲，則不役於物[10]，可以直道而行；小人寡欲，則能謹身節用，遠罪豐家。故曰：「儉，德之共也。」侈則多欲：君子多欲則貪慕富貴，枉道速禍[11]；小人多欲則多求妄用，敗家喪身；是以居官必賄，居鄉必盜。故曰：「侈，惡

之大也。」

註釋

1.張文節：宋仁宗宰相張知白，謚號文節。2.自奉養如為河陽掌書記時：自己的生活享受跟當河陽掌書記時一樣。3.所親或規之：有親近的人規勸他。4.公孫布被：公孫弘蓋布被。公孫弘貴為漢武帝丞相，卻使用粗布被而遭譏為故作清高。5.少從眾：少，稍也。全句意思是稍微與眾人的做法一樣。6.失所：無容身之處。7.常如一日乎：家人生活能夠永遠安穩不改變嗎？8.庸人：凡人、平常人。9.御孫：春秋時期魯國的大夫。10.不役於物：不受外在事物的役使與牽制。11.枉道速禍：枉，違背；速，招來。全句意思是不按正道而行，招致禍患。

左思不右想，如何讓內在美發光？

西晉有一位帥哥叫「潘岳」，就是那個帥到古今聞名的潘安。

他吃水果都不用自己買，因為他只要出門，就會出現瘋狂粉絲往他車上丟水果的盛況。「擲果盈車」這句成語，說的就是每次潘安出門，街上的女人都為之瘋狂，把水果、禮物扔到潘安的車上，表示對他的愛慕。

高富帥的潘安，是古代第一美男子。所以，後世用「貌比潘安」來形容男子長相英俊。

同時代還有一個人，他叫「左思」，是西晉有名的醜男。史書說他「貌寢口訥」，白話文就是長相很抱歉、說話口吃。但他是個非常用功的文學家。

他看到潘安出門的盛況，也想效仿。他認為女人不會只看外表，一定也有人看得到他的內在美！

左思特地去借了一輛敞篷車，選了個好天氣，坐車出門逛大街。根據《世說新語》

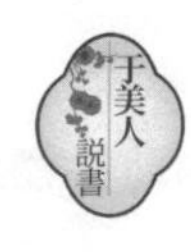

的記載：「思貌醜悴，不持儀飾，亦復效岳（潘安）游遨，於是群嫗齊共亂唾之，委頓而返。」

他的醜嚇到大家了，於是女人揮舞著拳頭，朝他吐口水。而「委頓而返」，說的是他非常失望，垂頭喪氣地回家了。

不過，左思也留下一句成語，他曾花了十年的時間寫成有名的〈三都賦〉。一開始沒人看好，但好的作品終會發光。後來整個洛陽城瘋狂傳抄，搞到洛陽的紙價上漲，一時之間「洛陽紙貴」。

左思後來拋開花花世界轉瞬即逝的虛幻魅影，專注自己的文學才情，一樣歷史留名。

兩個同時代的男子，一個有美貌一個有文才，各留下一句代表性的成語。

狡兔三窟之一：我把好東西給你買回來了

戰國時代齊國有個人，名叫馮諼（音宣），窮困得無法養活自己，就託人告訴孟嘗君，希望寄身門下當一名食客。

孟嘗君問他：「閣下專長是什麼？」馮諼答：「沒有專長。」

孟嘗君笑而受之，請人安排吃住。

此時的馮諼是一名「奧客」，一會兒吵說吃飯沒有魚，一會兒抱怨出門沒有車，最後還哭叫說家有老母無人奉養……孟嘗君有求必應，終於馮諼安靜了。

孟嘗君號稱戰國四公子，門下食客三千人，哪裡能記得每個人呢？直到年底要找人去他的封地（薛地）收稅，貼出公告，看到馮諼報名，才想起有這個人。

馮諼把債券帶齊，臨出發前問老闆：「稅金收齊後要買些什麼回來？」孟嘗君隨口說：「你看家裡缺什麼就買什麼。」

太好了，馮諼就等這句話！

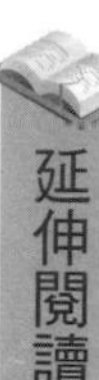

他到了「薛地」後，把孟嘗君的家鄉父老全部集合一起對帳，假傳孟嘗君的命令說：「感謝大家的辛苦，老闆說今年全部免稅。」然後當場把債券全燒了，「薛地」百姓全體歡呼！

馮諼回來後報帳，孟嘗君臉色凝重：「請問先生，你說收到的錢都花完了，請問你買了什麼？」馮諼說：「老闆，我出門前有問您，您說缺什麼買什麼。我看您最缺少的就是『義』。所以呢，我把所有的錢都幫您買了『義』。」

一頭霧水的孟嘗君果然大肚量，後來這件事就算了，並無追究。

人有旦夕禍福，新國君上台，孟嘗君被罷官，只好回到他的家鄉「薛地」。舉例說明，就是離開台北要回台中的距離，但車子到新竹就全塞住了，路上都是人！怎麼回事？

因為「薛地」的父老鄉親相迎百里，看到這個場面，孟嘗君才回頭跟馮諼說：「我終於知道你為我買的『義』是什麼意思了。」

馮諼笑笑說：「狡兔有三窟，這才是你的第一窟。」

而這個支持的熱烈場面也有嚇到新國君。（未完待續）

延伸閱讀

《戰國策．齊策》節錄◉西漢．劉向編訂

齊人有馮諼者，貧乏不能自存，使人屬[1]孟嘗君，願寄食門下。孟嘗君曰：「客何好[2]？」曰：「客無好也。」曰：「客何能[3]？」曰：「客無能也。」孟嘗君笑而受之曰：「諾。」左右以君賤之也，食以草具[4]。居有頃[5]，倚柱彈其劍，歌曰：「長鋏[6]歸來乎！食無魚。」左右以告。孟嘗君曰：「食之，比門下之客。」居有頃，復彈其鋏，歌曰：「長鋏歸來乎！出無車。」左右皆笑之，以告。孟嘗君曰：「為之駕，比門下之車客。」於是乘其車，揭其劍，過其友曰：「孟嘗君客我[7]。」後有頃，復彈其劍鋏，歌曰：「長鋏歸來乎！無以為家[8]。」左右皆惡之，以為貪而不知足。孟嘗君問：「馮公有親乎[9]？」對曰：「有老母。」孟嘗君使人給其食用，無使乏[10]。於是馮諼不復歌。

註釋

1.屬：音義通囑，請託。2.好：讀音同浩，愛好。3.能：才能。4.食以草具：食讀音同飼；草具指粗糙的飲食。全句意思是，給他吃粗茶淡飯。5.居有頃：過了不久。6.鋏：讀音同夾，劍。7.客我：即待我以客，以賓客之禮待我。8.無以為家：沒有能力養家。9.有親乎：有親人嗎？10.無使乏：不使匱乏。

狡兔三窟之二：打造聲勢，榮耀回歸

孟嘗君回到封地受到熱烈歡迎後，大家都鬆了一口氣。

此時，馮諼對老闆說：「狡兔有三窟，僅得免其死耳；今君有一窟，未得高枕而臥也。請為君復鑿二窟。」白話來說就是：現在還不是您可以高枕無憂的時候，讓我再為您多籌畫第二個退路吧！

馮諼第二窟的計畫是挾外援以自重，要讓孟嘗君能重登相位。孟嘗君立刻答應，給了他五十輛車子、五百斤黃金，出國遊說。

馮諼往西到了魏國，他對惠王說：「現在齊國把他的大臣孟嘗君放逐到國外去，哪位諸侯先重用他，就可使自己的國家富庶強盛。」

魏惠王很心動，特地空出相位，把原來的相國調為上將軍，並派使者帶著千斤黃金、百輛車子去聘請孟嘗君。

你看，馮諼也不是每次出門都賠錢，這下子不就多賺了五百斤黃金、五十輛車子回來了嗎?!

哈哈，閒話少說，回到主題。

話說馮諼一得到魏惠王的準信兒，立即趕車回去告誡孟嘗君說：「您先 hold 住，不要答應。我們先看看齊國君臣有何反應？」果然，魏國的使臣往返了三次，孟嘗君都堅決推辭，不去魏國。齊王聽到這個消息，君臣震恐，連忙派遣太傅帶黃金千金、文車二駟、服劍一、封書等物，非常隆重地向孟嘗君謝罪……

你看，馮諼又多賺了一千金的黃金，還多了兩輛名車、寶劍。此時孟嘗君才「勉強」答應請求，回來做宰相，風風光光地重登相位。

求官位也有高明的步數。

第二窟完成！（未完待續）

狡兔三窟之三：將護國神山搬到我的封地吧！

戰國時期所謂國家大事，就是「祀」與「戎」兩件事。「戎」是指保衛國家的軍事行動；「祀」就是祭祀，舉凡國家大小事都要在宗廟求告祖先，所以宗廟實際是國家政治機構的中心。

馮諼的第三個計畫，就是利用齊王求孟嘗君回來重掌國政時，他勸孟嘗君趁機索取先王的祭器，「立宗廟於薛」。

這招厲害！孟嘗君和齊王同一個祖宗，如果立宗廟於薛，齊王不敢不重視自己的祖廟，這也意味著孟嘗君的政治地位不可動搖。另一方面，若薛受到敵國的攻擊，齊王為了保護宗廟的神主牌，就要先派兵保護薛。

等到齊國的宗廟在薛落成後，馮諼向孟嘗君報告：「三窟已就，君姑高枕為樂矣。」

馮諼安排的三窟已經完成，「孟嘗君為相數十年，無纖介之禍者，馮諼之計也」。

說白話就是：孟嘗君做宰相幾十年，連絲毫災難也沒有，這都是馮諼的計謀啊！

馮諼為孟嘗君安排的「狡兔三窟」之計，用現代政治權謀來分析也不難理解。

第一窟：市義於薛，得到薛地百姓支持。這是打陸軍，地面作戰。

第二窟：出使敵國到處嚷嚷，操作網路，造成齊國輿論壓力，不得不請孟嘗君回來，這是打空軍！

第三窟：直接把台積電總部搬到薛，哈！有護國神山在薛，孟嘗君地位當然穩固。

星雲法師曾說過，他試著為人生定出三窟：「一是能力；二是忍慧；三是捨得。」有此「人生三窟」，則進退可守。

首先，要培養自己的能力。其次，遇到挫折要有忍耐的智慧。梅花綻放前，必經一番寒徹骨。最後的「捨得」更是人生智慧，生前有餘要記得縮手，已有餘財還不能休，等到眼前無路才想回頭，遲了。

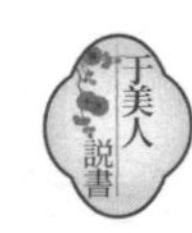

世態本就炎涼，各取所需才是真

孟嘗君經歷了被齊王放逐的政治風波後，靠著馮諼的三窟之計，才重返齊國，官復原職。

當初他被罷官時，門客盡去，讓他深感世態炎涼，周圍的人一個個都見風轉舵離開了他。

馮諼在回國都的路上迎接孟嘗君。他眼睛瞄到孟嘗君手裡緊握著一袋小木片，看了一眼後，眼神立刻收回，當作沒看到，對孟嘗君說了以下一段話。

馮諼：「賢公對齊國士大夫的惡意中傷和那些門客的背叛有怨恨嗎？」

孟嘗君：「有，我滿心憤恨啊！」

馮諼：「想不想報復他們來洩憤呢？」

孟嘗君：「是有想這樣做。」

馮諼：「事有必至，理有固然，賢公都知道嗎？」

孟嘗君：「不知道。」

馮諼：「有生必有死，人世間的道理。還有一個固定不變的法則，就是『富貴時就投靠你，貧賤時就離開你』。我打個比喻為您解釋一下，比如市場早晨人潮洶湧，可是到了晚上收攤後就空無一人。人們並不是因為早晨而愛市場，到了晚上就憎恨它。只是因為人們所需要的東西在早市，而晚上市場沒有東西可買，所以需要的時候就來，不需要時就離開！希望賢公不要怨恨這些人。」

馮諼又勸孟嘗君：「您當時失去官位時，雖然賓客都離去，您不能因此怨恨賓客，而平白截斷他們奔向你的通路。希望您對待賓客像過去一樣。」

於是，孟嘗君拿出多達五百個人的黑名單，把這些他怨恨的名字一一從木板上削掉。從此，再也不提怨恨誰的事了。

馮諼真是高明的策士，一個準備回國大復仇要殺五百人的宰相，場面一定會弄得狗急跳牆，要麼逃，要麼戰，孟嘗君這個宰相還怎麼做！

虎落平陽被犬欺，落魄的鳳凰不如雞！此乃理有固然，莫傷悲。

人不自棄，必能再起！

PS：以上這段故事，《史記‧孟嘗君列傳》說在路上迎接孟嘗君的是馮諼，而《戰國策‧齊策》說是譚拾子。為了方便閱讀，我綜合了兩個版本。

延伸閱讀

《戰國策‧齊策》◉西漢‧劉向編訂

孟嘗君逐於齊而復返。譚拾子[1]迎之於境，謂孟嘗君曰：「君得無有所怨齊士大夫？」孟嘗君曰：「有。」「君滿意[2]殺之乎？」孟嘗君曰：「然。」譚拾子曰：「事有必至，理有固然[3]，君知之乎？」孟嘗君曰：「不知。」譚拾子曰：「事之必至者，死也；理之固然者，富貴則就之，貧賤則去之。此事之必至，理之固然者。請以市諭[4]。市，朝則滿，夕則虛，非朝愛市而夕憎之也，求存故往，亡故去[5]。願君勿怨。」孟嘗君乃取所怨五百牒[6]削去之，不敢以為言。

註釋

1.譚拾子：戰國時期齊國人。2.滿意：一心一意。3.事有必至，理有固然：事情必然要發生，道理本就該這樣。4.諭：比喻。5.求存故往，亡故去：有人們需要的東西，他們就往那裡去；沒有人們需要的東西，他們就離開了。6.牒：古代用來書寫的竹簡或木片。

第四章

玩政治的傻子與高手們

藏在文章裡的保命密碼

我們要來談的這篇文章，會讓你受用一輩子！而「保命密碼」就藏在文章的第一句。

戰國時期，李斯寫給秦王嬴政的〈諫逐客書〉，開頭就是：「臣聞吏議逐客，竊以為過矣。」白話文解釋就是：「報告大王，臣聽說秦國有宗室官員建議您驅逐客卿，我（私下）認為這是錯的。」

李斯（楚國人）三十四歲才到秦國找到客卿的工作，入秦十年，遇到秦王拒發簽證，不再用六國的人才，遣返出境前寫了這篇千古文章。秦王看完，立刻把李斯從高速公路追回來！取消逐客令，廣發英雄帖，並重用六國人才。李斯在六十歲那一年，助秦滅了六國，統一天下。

秦王改稱秦始皇！

那麼，請問逐客令是誰下的？老闆（秦王）啊！沒錯！可是你不能寫老闆有錯，錯的是身邊的人亂給建議，老闆永遠是英明的。

第一句先保命，而且李斯善於揣摩人主心理，文筆又好，完全打動秦王，改變政策。

這篇文章不僅是駢文的初祖、奏議文的代表作，更因此提前結束了戰國時代。很厲害喔！

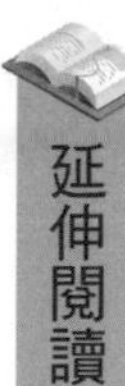

延伸閱讀

〈諫逐客書〉節錄◉戰國・李斯

臣聞吏議逐客，竊以為過矣。昔繆公[1]求士，西取由余於戎，東得百里奚於宛，迎蹇叔於宋，來丕豹、公孫支於晉[2]。此五子者，不產於秦，而繆公用之，并國二十，遂霸西戎。孝公用商鞅之法，移風易俗，民以殷盛，國以富強，百姓樂用，諸侯親服，獲楚、魏之師，舉地千里[3]，至今治強〔……〕由此觀之，客何負於秦哉！向使四君卻客而不內[4]，疏士而不用，是使國無富利之實，而秦無強大之名也。

註釋

1.繆公：即秦穆公（西元前六八三年～前六二一年），春秋時代的秦國國君。2.西取由余……公孫支於晉：秦穆公重視人才，分別從西戎、楚國宛城、宋國、晉國招攬了由余、百里奚、蹇叔、丕豹及公孫支五名能人。3.舉地千里：占領了千里的土地。4.向使四君卻客而不內：向使，假使；卻，拒絕；內，音義同納。全句意思是，假使這四位國君拒絕客卿而不接納。

消除忠言逆耳的致命危機

這是另一篇只用一句話化解可能嫌隙的文章，而「保命密碼」就藏在文章的最後一句。

都說讀〈出師表〉不哭者，其人「不忠」。教書多年，我沒見學生哭過，原因可能有二：一是教的不好，二是時候未到。

當年劉備三顧茅廬，得到孔明相助，說自己「猶魚之有水」。後來，成語「如魚得水」就用來比喻找到志同道合的朋友。

劉備稱帝兩年後生病，臨終前託孤寄命，請諸葛亮輔佐阿斗。他甚至說如果阿斗不行，請丞相自己取而代之。嚇死寶寶了，當眾宣布吔，諸葛亮能說什麼？只有「鞠躬盡瘁，死而後已」。

所謂「家貧思良妻，國亂思良相」，諸葛丞相忠心耿耿，不負所託，千古絕唱！記住，每次政權交接，都是國家最危險的時候。歷史上更常出現一個狀況是「主

少國疑」，也就是繼承人年紀太小，人心疑懼不安，所以要有能穩住局面的人。

宋太祖趙匡胤（就是黃袍加身的北宋開國皇帝）的娘——杜太后，她在臨死前交代，說太祖的兒子資歷還不夠，為免「主少國疑」，希望趙匡胤百歲後要先把皇位傳給弟弟趙光義，穩住趙家江山，將來再還政給他兒子。

還？後來當然沒還，太祖的兩個親生兒子先後「不幸」自殺……

各位，如果你將來有機會從政，明明有實力，卻有人勸你這屆先不選，禮讓別人，下屆大家一定挺你。你記得，先回來讀讀歷史！

諸葛亮在〈出師表〉這篇文章中提到「先帝」十三次，語氣懇切。但他知道即使是顧命大臣也不能倚老賣老，這樣講話有失分寸，所以最後要加一句保命密碼。諸葛一生唯謹慎啊！

〈出師表〉的最後寫道：「今當遠離，臨表涕泣，不知所云。」白話解釋就是：「現在即將遠離，臣邊寫邊哭，不知所云。」

保命密碼在於，「以上所言如有冒犯，請勿怪罪，我已經悲傷得不能自已，都不知道自己在說些什麼。」

各位，若您是陛下，尚有何言？人家去幫你打仗，為你賣命還這麼客氣！

PS：「家貧思良妻，國亂思良相」的白話是：家庭貧困就想到應娶個賢妻，國家動亂就渴望任用一位治國有方的宰相。

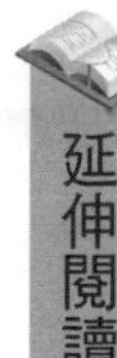

延伸閱讀

〈出師表〉節錄 ◉ 三國蜀漢・諸葛亮

願陛下託臣以討賊興復之效[1]；不效[2]，則治臣之罪，以告先帝之靈。若無興德之言，則責攸之、禕、允等之咎[3]，以彰其慢[4]。陛下亦宜自課[5]，以諮諏善道[6]，察納雅言，深追先帝遺詔。臣不勝受恩感激[7]。今當遠離，臨表涕泣，不知所云。

註釋

1.效：效命的任務。2.不效：不成功、沒有成效。3.責攸之、禕、允等之咎：咎，過失；全句意思是責備郭攸之、費禕、董允等人的過錯。4.以彰其慢：表明他們的輕慢失職。5.自課：自我省察。6.諮諏善道：諮諏讀音同茲鄒，詢問。全句意思是，詢問治國的良策。7.不勝受恩感激：深受陛下恩德，感激不盡。

長安十二時辰，一場殺無赦的奪嫡大戰

打虎親兄弟，上陣父子兵！

唐高祖李淵帶著兒子打天下，次子李世民戰功最盛。李淵曾口頭許諾，將來要立他做太子。但後來為了政局穩定，立嫡長子李建成為太子，封李世民為秦王。太子自知戰功威信不及二弟，於是聯合四弟齊王李元吉共同對抗李世民。兄弟之間，暗潮洶湧。

唐高祖武德九年六月初三（西元六二六年七月一日）。酉時剛過，秦王府收到一份密報，昨晚太白金星在秦地出現，是「秦王將有天下」的徵兆。

戌時，長孫無忌建議先下手為強。秦王猶豫，最後終於下定決心！拚了，進宮。

亥時，李世民進宮面奏父皇，報告說太子和齊王與父親後宮妃嬪淫亂。李淵下令明日調查。

到了第二天——六月初四庚申日（西元六二六年七月二日）。

子時，秦王回府，調動兵力八百名。

丑時，太子和齊王收到消息，齊王建議當日暫不上朝。太子拒絕，皇宮禁衛軍都是他東宮的人，怕什麼？

寅時，秦王府通知玄武門守衛（名字叫常何，已被收買）行動開始了。

卯時，天已亮，但霧氣很重。李世民率諸將布陣玄武門……來了，馬蹄聲由遠而近，聽聲音人數不多。

辰時，齊王剛進玄武門，突然感覺空氣中有一股危險的味道。大叫，不對！掉馬回頭。秦王喊：「哪裡去！」齊王李元吉回身拉弓放箭對準李世民，三次不中。秦王也開弓，一箭正中太子，當場斃命。最後李元吉往皇宮逃，終究逃不過被殺的命運。

巳時，殺殺殺，殺光太子和齊王的兒子們。

午時，秦王派尉遲恭披甲帶刀入宮見高祖，說明要「保護」高祖。

未時，高祖頒布親筆敕令，各軍一律接受秦王號令，並命太子與齊王的原來部屬們棄職解散。

申時，高祖召秦王入見。李世民一見父王，下跪號啕大哭良久。高祖把所有的情緒藏在瞳孔裡，深深地……

此時，皇宮外的長安城還不知道剛剛過去的十二個時辰發生了「玄武門之變」。三天後，李淵改立李世民為太子，兩個月後高祖「自動退位」，李世民繼位，是為唐太宗，年號貞觀。唐朝即將迎接一個大唐盛世，史稱「貞觀之治」。（參見「如鏡的朋友，一場經典的君臣之交」篇）

為人父母之後，再讀這一段歷史，非常愀心。李淵經歷他們兄弟相殘之後，是用怎樣的心情度過餘生的？

大家都說「天下無不是的父母」，其實是「天下沒有做對的父母」。

唉，父母實在難為！

PS：為了方便閱讀，以戲劇的方式用十二時辰來敘述「玄武門之變」，與正史會有出入。唐太宗的歷史評價很多元，有興趣可以去看看。

他威名赫赫，卻活活被兒子餓死

梁啟超認為趙武靈王是戰國時期的一代偉人。

他就是趙國的第六代國君趙雍，一代英雄最後竟然餓死在行宮中。時間是西元前二九五年，年六十一歲。

故事要從他感情戰勝理智，犯糊塗的那一刻說起！（參見第七章李爾王兩篇）

他當時已在位二十七年，是該立太子了。

古代照宗法制度，繼承人要立嫡立長。嫡長子趙章是王后所生，已經二十歲了，朝野評價都不錯，就等著接班。但是，武靈王因為最愛的夫人吳娃香消玉殞，悲傷不已。他太思念吳娃了，愛屋及烏之下，竟然廢了嫡長子，改立吳娃生的庶子趙何為太子。

不久後武靈王還主動禪位，讓年僅十一歲的趙何接任國君掌管內政，他則負責軍事，自號主父。另一方面，他又覺得虧欠大兒子，所以封大兒子為安陽君。

武靈王趙雍的確是個軍事奇才，武功高強，連打四年，沒有吃過敗仗。歸來慶功時，在大殿上看到大兒子要卑微地向弟弟行禮，心中憐憫，想把國家一分為二，乾脆兩個兒子一人治理一國。

這個想法，更助長了大兒子的不甘之心。

於是，長子安陽君趁著父親與弟弟去沙丘（地名）時，發動一場軍事政變，可惜實力不敵政府軍，被一路追殺……他最後逃到父親的行宮，求父親開門救他。

這是政變啊！站在國家的立場上，怎麼能開門？

但站在父親不捨愛子的角度，他開門了。

這時候開門也救不了長子，安陽君還是被殺了。

但趙雍卻讓自己陷入絕境，來平亂的將領不敢弒君，但又怕事後被他報復，竟然想出一招——包圍行宮！並下令宮人盡速離開，後出者殺全族。

瞬間，所有服侍老國君的僕人全跑光了，剩下老國君一個人。捱到最後，他甚至餓到要上樹掏鳥蛋吃的地步。幽禁三個月後，趙武靈王活活被餓死！

你一定會問那個新國君呢？怎麼不來救爸爸？

這個就不用我回答了吧！他的王宮，其實就在附近。

故事說到這裡。不要感慨！不要憤怒！人只要不奢求，就比較不會失望。

兒女即使成家搬出去了，三更半夜來敲父母家的門，父母多半會開門。記住，你的家永遠是孩子的家，但孩子的家不一定是你的家。去之前，你要先打電話！

PS：趙雍死後，諡號稱趙武靈王。他在位時的一個大改革是突破重重阻力，推動「胡服騎射」（穿胡人輕便的服裝，學習胡人厲害的騎射），終於壯大了趙國的軍事力量。

延伸閱讀

《史記・趙世家》節錄◉西漢・司馬遷

肥義[1]曰：「臣聞疑事無功，疑行無名[2]。王既定負遺俗之慮，殆無顧天下之議[3]矣。夫論至德者不和於俗，成大功者不謀於眾。昔者舜舞有苗[4]，禹袒裸國[5]，非以養欲而樂志也，務以論德而約功[6]也。愚者闇成事，智者睹未形[7]，則王何疑焉。」

王曰：「吾不疑胡服[8]也，吾恐天下笑我也。狂夫之樂，智者哀焉[9]；愚者所笑，賢者察焉[10]。世有順我者，胡服之功未可知也[11]。雖驅世以笑我，胡地中山吾必有之[12]。」

註釋

1.肥義：趙國大臣，在沙丘兵變時，為保護趙惠文王（趙何）而被殺害。2.疑事無功，疑行無名：做事猶豫不決，是無法成功的。3.王既定負……天下之議：意思是，大王您既然已決定要做這等違背世俗的事，就不用在意天下人的非議了。4.舜舞有苗：虞舜時有苗氏不服治理，舜以武舞來彰顯強大的軍力，不動兵就讓有苗氏順服。5.禹袒裸國：大禹到裸國時也入境隨俗，不穿上衣。6.非以養欲……而約功：這兩句的意思是，不是為了滿足欲望和愉悅心志，而是為了宣揚德政、求得成功。7.愚者闇成事，智者睹未形：闇讀音同暗，不了解。這兩句的意思是，愚者在事情成功後仍懵懂不解，而智者在事情未發生前就已能預測到。8.吾不疑胡服：我不是懷疑胡服騎射的政策。9.狂夫之樂，智者哀焉：無知妄為的人感到快樂的，正是有智慧的人所悲哀的。10.愚者所笑，賢者察焉：愚蠢者嘲笑的事，賢能的人會細心觀察。11.世有順我者，胡服之功未可知也：如果世人能順從我的心意，胡服騎射的功用是不可估量的。12.雖驅世……吾必有之：這兩句的意思是，即使全天下都在等著看我笑話，但胡地和中山國都會被我占領。

當一場家事成了動盪朝堂的黨爭……

還記得之前講過，政權交接時就是國家最危險的時候。司馬光（就是那個砸破水缸救人的神童）一生經歷了四個皇帝、三次政權交接，可謂步步驚心！先來講司馬光和宋仁宗的故事。

宋仁宗子女緣淺，一直苦於生不出兒子。司馬光建議皇帝早立嗣子，仁宗迫於無奈抱了堂哥濮工的第十三子趙曙進宮撫養，希望能夠「招弟」。

仁宗果然喜獲麟兒，連生了兩個兒子。所以趙曙就被送出宮，還給了濮王。想不到的是，宋仁宗這兩個兒子不到兩歲又相繼夭折。司馬光再勸皇帝不要猶豫，要早立接班人。

宋仁宗不是拒絕趙曙，而是拒絕認命。他一直希望能夠把皇位傳給自己的親生兒子，直到四十七歲那年突然中風後，他才認趙曙為皇子。但，還是不願封趙曙為太子，他想再拚拚看。

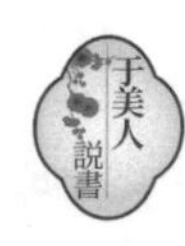

嘉祐八年（西元一〇六三年）三月，五十四歲的宋仁宗駕崩，膝下仍然無子。

同年四月，群臣擁立趙曙繼位，趙曙三十二歲登基，是為宋英宗。

然後，北宋歷史上有名的「濮議之爭」來了！

各位，父母生前曰父母，父母死後曰考妣。英宗現在有兩個爸爸！

歐陽修、韓琦這派宰相們，同意英宗追封其生父濮王為皇考（已故父親）。

但司馬光這派諫官們不同意，認為皇帝只能追封生父為「皇伯考」（已故伯父）。

司馬光的「皇伯派」認為：「為人後者為之子，不得顧私親。」

英宗既然繼承的是宋仁宗的皇位，那就必須是仁宗的血統，也因此必須承認仁宗是他唯一的父親，否則他統治的合法性就會受到質疑。

司馬光認為要照制度走，國君要克制私人感情，維護禮制，遵守儒家的秩序，國家才能長治久安。

歐陽修的「皇考派」，則是完全明白英宗的痛苦，了解英宗必須以諸侯之禮來祭拜自己生父的不忍。

這一派也引經據典「忠孝為立國之本」，支持英宗！

兩派最後引發黨爭，相持不下長達十八個月。朝堂上的官員幾乎全都捲入，司馬光也因此辭官。這個事件嚴重傷害國本，對北宋後來的政局影響深遠。

請注意，「黨爭」簡單說就是把法律問題政治化。法律問題一旦政治化，各方角力就無法追求公平正義，而且是一場零和遊戲！

英宗在位僅四年就駕崩了，還來不及為生父上謚號。

皇帝這個位置是個萬萬不能任性的職位，皇帝一個小任性影響太大了。

有人說「濮議之爭」真是沒必要，那不過就是皇帝的家事。但在古代，皇帝的家事就是國事啊！

比較起來，司馬光收養司馬康就單純多了。我們常聽的成語「認祖歸宗」，就是從這套宗法制度來的。（參見「生活要節儉，感情要收斂」篇）

PS：宋仁宗總共有十六個孩子，三男十三女，兒子全部夭折，而女兒活到成年的也只有四個。仁宗的堂哥濮王則是生產力驚人，總共生了二十八個兒子，過繼給仁宗承嗣的趙曙（原名趙宗實）是第十三子。

絕代才子的末代君王李煜

唐朝滅亡到宋朝建立，中間經歷了一個混亂時代叫做「五代十國」。北方在五十年間經歷了五個朝代，如果你在當時讀的是完全中學，從小學到高中畢業，你們操場的旗杆上可能要換三次國旗。

南方在七十年間建立了十個國家，就是原來唐朝發給你一本天下通行的護照，現在要換成十本護照。

宋太祖趙匡胤終結了五代，接下來的目標是殲滅十國。尤其是經濟條件最好的南唐。南唐後主李煜尊宋朝為宗主國，對宋稱臣，年年朝貢。

聽聞宋軍南下，南唐派使者求和。當時，宋太祖說了這句名言：「臥榻之側，豈容他人鼾睡。」（錯不在江南，而是這天下只能是我一人的臥榻，怎能容人在旁安睡呢？）最後宋太祖派曹彬率大軍南征，直接滅了南唐。李後主肉袒出降，成為俘虜，被押送到開封。

李後主被史家形容為「作個才人真絕代，可憐薄命作君王」。他是七夕情人節出生的，長相天庭飽滿，而且「一目重瞳」，就是有一隻眼睛出現雙瞳，被視為是富貴帝王之相。

他排行老六，為人仁孝，才識清高，擅長書畫。本來他可以遠離政治，誰知上面的哥哥和叔叔為了皇位繼承權明爭暗鬥，網內互打，全死光了。不得已只好由他繼承，是南唐的第三任君主，也是最後一任君主，史稱南唐後主。

李煜的元配皇后是大周后，十九歲嫁給他，賢良大度，而且是絕世大美女、音樂高材生。兩人婚後志趣相投，鶼鰈情深。生了二子一女，小兒子出生後她就身體不好，常在病中，李煜憂心不已。

大周后有一天在宮中看到妹妹（同父異母，兩人相差十四歲），詫異問道：「妳何時進宮？怎麼無人知會我？」正值荳蔻年華十五歲的妹妹，此時天真地回答：「姊，我進宮好多天了。」說完嬌羞地低下頭，兩頰緋紅。

難怪這些天都不見皇帝來，躺在病床上的大周后還有什麼不明白的……

她默默轉過身去，背向妹妹，止不住的淚水浸濕被衾。臥榻之上，已不容我安睡啊！（未完待續）

PS：李後主是詞帝，他前後期寫的詞是兩個境界，所以要先說明背景。李後主的故事很難濃縮，各位要有耐心。

延伸閱讀

〈清平樂〉◉南唐．李煜

別來春半，觸目愁腸斷[1]。
砌[2]下落梅如雪亂，拂了一身還滿。
雁來音信無憑[3]，路遙歸夢難成。
離恨恰如春草，更行更遠還生[4]。

註釋

1.這闋詞據說寫於亡國前，李煜派弟弟李從善去汴京進貢卻被扣留，李煜請求放弟弟歸來，但未能如願；此為思弟之作。2.砌：台階。3.雁來音信無憑：雁子飛回來了，但音信全無依憑。4.離恨恰如春草二句：離別的愁緒與怨恨就像春天的野草一樣蔓延，越走越遠越是生長茂盛。

彩雲易散、紅顏薄命，留不住的美好

大周后的病更重了，李煜負疚萬分，朝夕相伴左右，夜復一夜地守在大周后身邊，親自餵食湯藥。

突然傳來四歲的小兒子得了急病，發病才三天就夭折了。喪子之痛，人生至痛。此時，生無可戀的大周后留下遺書交代要薄葬，並要求一把她心愛的琵琶陪葬。

二十九歲的大周后香消玉殞，黃泉路上伴兒歸。

十年婚姻的恩愛與背叛就此消散殆盡，人間再無大周后。

李煜為大周后留下許多情真意切的詩文、誄文和哀辭，他喪妻的傷心是真的。但三年後立她妹妹為小周后，也是真的。

小周后終於嫁給姊夫，十九歲，正是姊姊當年出嫁的年紀。小周后美若天仙但善妒，才華、肚量都不及姊姊大周后。她在南唐當皇后的期間，後宮妃嬪個個如履薄冰。

她的愛是獨占性的，所以當李煜國亡家破，被押解至汴京（開封）軟禁時，她也生死相隨。

開寶八年（西元九七五年）宋太祖封李煜為「違命侯」，封小周后「鄭國夫人」。這兩個封號都含有羞辱之意。違命侯就是字面上的意思，不必多說；而鄭國夫人含意就深了，因為春秋戰國時期「鄭風淫」，暗指小周后上位過程不光彩。

趙匡胤不時地召見李煜，嘲笑他只適合做翰林學士。有權力的人，手握大權還羞辱人，真是丟臉又器量狹小！

宋開寶九年（西元九七六年）十月，趙匡胤突然暴斃，死得不明不白。弟弟趙光義繼位，是為宋太宗（這又是一場網內互打）。

權力的自我克制何其困難？宋太宗做的事更過分，缺德的事歷史總會記載下來。

西元九七八年的元宵節，小周后隨大臣命婦入宮恭賀，所有命婦朝拜結束當晚就出宮了，獨不見小周后的身影。直到正月將盡，小周后才被放歸。李煜心急上前問候，小周后臉色蒼白、眼下青黑，她抿唇不語，入房掩門後放聲大哭……（未完待續）

延伸閱讀

〈相見歡〉◉南唐・李煜

林花謝了春紅[1]，太匆匆。無奈朝來寒雨晚來風。
胭脂淚[2]，相留醉，幾時重[3]。自是人生長恨水長東。

註釋

1. 林花謝了春紅：春天奼紫嫣紅的林花都已凋謝了。2. 胭脂淚：女人的眼淚，此則以胭脂淚來比擬被寒雨打濕的林花。3. 幾時重：何時再相會。

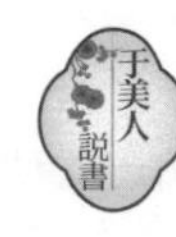

把痛苦凝練成字，用血淚寫就一生

根據史料記載，從西元九七八年的元宵節到七夕乞巧節這段時間，宋太宗用各種名目召見小周后，她每次入宮就要待上好多天，「每一入輒數日，而出必大泣，罵後主，聲聞於外，後主多婉轉避之」。

為了保護李煜，小周后對宋太宗不敢不從，每次召請，就是數夜顛狂後才放她回去。回來面對這個給她榮耀，也給她帶來羞辱像孩子一樣無助的男人，小周后不禁哀嚎，這樣的日子何時才是個盡頭啊！

小周后每次回來，都是又哭又罵。李煜只能默默走開，因為身邊都是皇帝派來監視他的人，他連想砸一只杯子都不能，只能長嘆一聲，仰天流淚。李煜在痛苦鬱悶中，寫下〈望江南〉、〈子夜歌〉、〈虞美人〉……等名曲。

〈虞美人〉是李後主寫的最後一闕詞。據說，就是因為詞中有「故國不堪回首月明中」這句歌詞而惹怒宋太宗，宋太宗再也不能容忍，在李煜七夕生日當晚借賜酒祝賀之意，在酒中下毒，用牽機毒殺之。

當天半夜李後主毒發身亡，死在小周后的懷裡。這一年他四十二歲，生日忌日同一天。

李煜死後，葬在洛陽。小周后悲痛欲絕，不久也隨之死去。她還差幾個月就二十九歲，也是姊姊當年過世的年紀。

《人間詞話》的作者王國維說：「詞至李後主而眼界始大，感慨遂深，遂變伶工之詞而為士大夫之詞。」詞到了李後主時，眼界才開始擴大，感慨也更加深刻，並從戲子的歌變為士大夫的詞。

李後主前期的詞都是反映宮廷生活和男女之愛，享盡人間富貴。後期降宋之後，在「日夕只以眼淚洗面」的軟禁生涯中，活在國亡家破的痛苦中，此時所寫的詞，句句都是血和淚化成的，成就遠遠超過前期。

李後主用「詞」來訴說生命的痛苦、人生的無奈，超越了時空，讓千年後的我們也可以與他共情。

我沒有用比較文學生硬的講法來介紹李後主的詞，我想用故事來說說他到底經歷了什麼樣的人生起伏？讓大家用「同理心」來閱讀、來理解。

一個出身高貴、萬民擁戴又有才情的一國之君，亡國後淪為階下囚，生死不能

由己，不能保護妻小，被悔恨日日啃蝕著……而春花秋月依舊，往事已矣，來日又不可期，只有無盡的哀愁，隨春水而去……

李後主的詞幾乎都是白話文，每個人都可以在他的詞裡流下自己的眼淚。現在聽完故事後再讀〈虞美人〉，你肯定有不同的感受。

PS：牽機藥或說是中藥馬錢子，服後會破壞中樞神經系統，導致全身抽搐，腳往腹部縮，頭也彎至腹部，非常痛苦。

延伸閱讀

〈虞美人〉◉南唐．李煜

春花秋月何時了？往事知多少。
小樓昨夜又東風，故國不堪回首月明中。
雕欄玉砌應猶在，只是朱顏改。
問君能有幾多愁？恰似一江春水向東流。

丙吉問牛，人命不如一頭牛喘氣？

丙吉是漢宣帝時的宰相，任期約四年（西元前五十九年到前五十五年）。

漢朝丞相的職務有幾個重要職責：一、上輔天子，調理陰陽；二、順合四時，下督百官；三、撫育萬物，適時生長；四、為君盡忠，為民盡責。

有一個頗紅的節氣叫「小滿」，其實從小滿、芒種、夏至到大暑，這四個節氣還有一個說法叫「少陽」。丙吉就是選在少陽時節外出探訪民情。

走著走著，隨行人員跑過來報告丞相：「不好了，前面發生械鬥，已經有人死傷了，您要不要先下來看看？」

丙吉說：「不用，繼續走！」

車行不久，丙吉看到路邊老農趕著牛，這頭牛步履蹣跚、氣喘吁吁。

丙吉馬上讓車夫停車詢問：「這頭牛到底走了多少路，怎麼這麼喘？」

各位，這事如果發生在現代，隨扈若是立刻發限動，很快就會登上網路新聞，

那麼，丙吉這個丞相恐怕要下台了。

為什麼？

百姓打群架你不聞不問，一條牛喘口氣你這麼在乎？哪有這種官員？「重畜輕人」，不下台好意思嗎？

還好漢朝沒有網路，丙吉才有機會說明。他當然也看出隨行官員的不解，丙吉的說明翻譯成白話文就是：

「路人打架，警察局會來處理，處理的好不好，在年底會有考核結果。但是，『問牛』這件事非同小可，現在是少陽時節的氣候，牛不應該如此喘息，除非這頭牛生病或者走了太遠的路。如果兩者都不是，牛卻這樣喘氣，那麼今年的節氣恐怕會失調。氣候變遷對於農業生產會有影響，事關民生，關乎國之大計，我不能不停車詢問清楚。」

後來「丙吉問牛」這句成語，就被解釋為丙吉看到牛的異常，想起天氣變化、影響民生，讚揚官員分層負責、各司其職、關心百姓疾苦。

但是，明朝馮夢龍卻認為丙吉「問牛不問人」，是迂腐！

你認為呢？

PS：農夫後來有解釋，原來這頭牛因為生病，趕了好遠的路要去看獸醫。好險！與氣候無關，丙吉這才鬆了一口氣！

延伸閱讀

《漢書．丙吉傳》節錄 ◉ 東漢．班固

吉又嘗出[1]，逢清道[2]群鬥者，死傷橫道，吉過之不問，掾史[3]獨怪之。吉前行，逢人逐牛[4]，牛喘吐舌，吉止駐，使[5]騎吏問：「逐牛行幾里矣？」掾史獨謂丞相前後失問[6]，或以譏吉，吉曰：「民鬥相殺傷，長安令、京兆尹職所當禁備逐捕，歲竟丞相課其殿最[7]，奏行賞罰而已。宰相不親小事[8]，非所當於道路問也。方春少陽用事，未可大熱[9]，恐牛近行，用暑故喘[10]，此時氣失節，恐有所傷害也。三公典調和陰陽，職當憂[11]，是以問之。」掾史乃服，以吉知大體。

註釋

1. 吉又嘗出：嘗，曾經。全句意思為丙吉又一次外出。2. 清道：清淨道路。3. 掾史：掾讀音同願，

掾史是輔佐官吏的通稱。4.逢人逐牛：遇到有人趕牛。5.使：派遣。6.前後失問：前後兩件事該問的不問，不該問的卻問。7.歲竟丞相課其殿最：歲竟即歲末；課為評定考績；殿最，古代考核政績，殿為下等，最為上等。8.不親小事：不親自處理小事。9.方春少陽用事，未可大熱：現在還是春天，天氣理應不會太熱。10.恐牛近行，用暑故喘：擔心牛沒走多遠，就因太熱而喘氣。11.三公典調和陰陽，職當憂：三公此指丞相。全句意為丞相的職務是調和陰陽、治理國事，節氣失調的民生大事是丞相應該擔心的事。

第五章

君臣過招朝堂戲

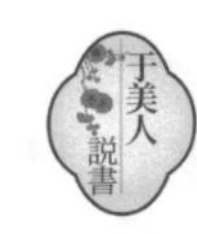

憂憤至死的戰國屈臣氏

高中國文有兩位 fisherman，一位是屈原在湘江遇到的漁父（老漁翁），另一位是發現桃花源的武陵人（捕魚為業）。兩位漁夫，都是虛構的。

屈原透過和漁父的對答，「舉世皆濁我獨清，眾人皆醉我獨醒」來表明他不肯同流合污的人生態度！

屈原，名平，字原，是個水瓶男。他是楚國貴族，精通歷史、文學與神話，被稱為史上第一位愛國詩人。

古代貴族的認知，國和家是一體的，愛國就是愛家！屈原和楚國的血脈相連，保護楚國、效忠楚王，是他生命中不可分割的責任和使命。這個前提要先說明，否則身為現代人的你會不懂，為什麼國君對你好，你愛國，禮尚往來很ＯＫ；但國君對你很不好，你還那麼愛國，何苦來哉？人生自是有情癡，此恨不關風與月，不要以今非古！

屈原歷經兩位楚王，第二次被放逐的時候已經四十八歲，眼睜睜看著自己的國家一步步走向滅亡而無能為力。屈原在約莫六十二歲的時候過世，他死後五十五年秦滅楚。

這篇〈漁父〉是他死前的自我天人交戰。漁父告訴他（等於自問自答），你何不學學道家「與世推移」順應環境、隨遇而安，或者參考儒家「滄浪之水清兮，可以濯吾纓；滄浪之水濁兮，可以濯吾足」，審時度勢，邦無道則隱。不要傻傻自找苦吃，人生康是美，何必那麼冤屈地選擇做屈臣氏？

最後他投江，以身殉道。那天是五月五日。

「亦余心之所善兮，雖九死其猶未悔」，他說為了堅持理想，死九次也不後悔！人心裡總有某樣東西比旁的都重，或是道義，或是愛情，或是良心，或是名利地位，或是超越現實的理想。於是，我們終其一生為之掙扎徬徨、飛蛾撲火，肝腦塗地也在所不惜。或許旁人覺得不值得，可沒有它，別的也不值得。

PS：屈臣氏的英文是Watsons，清朝時創立。「Wa」和粵語的「屈」發音很像（念挖），所以Watsons中文就翻成屈臣氏囉！

〈漁父〉◉戰國・屈原

屈原既放[1]，游於江潭，行吟澤畔，顏色憔悴，形容枯槁[2]。

漁父見而問之曰：「子非三閭大夫與[3]？何故至於斯？」

屈原曰：「舉世皆濁我獨清，眾人皆醉我獨醒，是以見放。」

漁父曰：「聖人不凝滯於物[4]，而能與世推移。世人皆濁，何不淈其泥而揚其波[5]？眾人皆醉，何不餔其糟而歠其釃[6]？何故深思高舉[7]，自令放為[8]？」

屈原曰：「吾聞之，新沐者必彈冠，新浴者必振衣[9]。安能以身之察察[10]，受物之汶汶[11]者乎？寧赴湘流，葬於江魚之腹中。安能以皓皓之白，而蒙世俗之塵埃乎？」

漁父莞爾而笑，鼓枻[12]而去，乃歌曰：「滄浪之水清兮，可以濯吾纓[13]；滄浪之水濁兮，可以濯吾足。」遂去，不復與言[14]。

註釋

1.放：放逐。2.形容枯槁：槁讀音同稿，全句指身形乾瘦。3.子非三閭大夫與：你不是三閭大夫嗎？三閭大夫是楚國官名，掌管祭祀及昭、屈、景三姓王族的事務。4.不凝滯於物：不執著、不局限於任何事物。5.何不淈其泥而揚其波：淈讀音同鼓，攪動使其混濁。全句意思是攪動污泥，推波助瀾。6.餔其糟而歠其釃：餔糟（ㄅㄨㄗㄠ），吃酒渣；歠釃（ㄔㄨㄛˋㄌㄧˊ），喝剩酒。餔糟歠釃是指要醉大家一起醉，比喻隨波逐流。7.深思高舉：思慮精深，行為高潔。8.自令放為：導致自己被放逐。9.新沐者必彈冠，新浴者必振衣：洗淨身體的人會彈帽子及抖衣服，以除去灰塵。10.察察：潔淨貌。11.汶汶：汶讀音同問，污濁貌，有玷辱之意。12.鼓枻：枻讀音同亦，船槳。鼓枻是划動船槳。13.濯纓：洗帽帶。濯讀音同卓，洗滌。14.不復與言：不再與屈原說話。

活得苦、死得委屈，請給他多一點溫柔

《楚辭》最著名的篇章是〈離騷〉——離是別，騷是愁。講述離別國君的愁思，讓屈原發「憤」而作，用以抒情。

屈原是楚之大巫（不是現代所說的巫師），古代君權神授，國君和上天溝通要靠巫，巫有責任告訴國君上天的警示。所以，屈原不斷地勸諫楚王不要貪心走捷徑，要走對國家有利的大道。因為好走的路都是下坡路！

無奈忠言逆耳，忠臣指出國君的錯誤，庸臣幫國君的錯誤合理化。歷史不會完全一樣，但是人性相似，人的感覺也往往相似。

屈原身為諫臣，不斷地呼求，無奈國君不聽，他最後死諫。

身處個人主義的現代，很難理解封建時代的知識分子所處的困境。所以，我才說要帶著溫柔和敬意去看古人。個人主義的生命就是短短幾個秋，只負責自己的一生。但是，古人的生命時間軸拉得很長，上要對得起列祖列宗，下要做子子孫孫的表率，他們要把握有限的生命，立德、立言、立功。只要明白這個觀念，就不難理解屈原的堅持。

〈離騷〉的文法很美，忠厚溫柔、激揚哀麗。還好歷代都有人註解，讓我們可以穿越時空感受屈原悲憤的脈動。

有人說，楚辭就是「兮」來「兮」去，現在誰會這樣講話？請問「髒兮兮」、「神經兮兮」、「可憐兮兮」，有沒有用「兮」？有！還用兩次！「兮」就相當於「啊」，是表達語氣的助詞，這也是《楚辭》的特色。

這一句你可能聽過「惟草木之零落兮，恐美人之遲暮」，白話文意思就是時光飛逝，草木凋零，紅顏易老；言下之意是怕自己還沒有成功就老了。〈悼金夫人〉的名句「美人自古如名將，不許人間見白頭」，也是表達對青春易逝、歲月難留的感嘆。

PS：為什麼美麗的人比不美的人怕老，因為人老了都不美。那原來不美的人就翻身了，因為沒差！哈哈，輕鬆一下。

PPS：介紹一句委婉的告白「山有木兮木有枝，心悅君兮君不知」（出自〈越人歌〉），對方如果看不懂……就講白話文吧！

〈離騷〉節錄◉戰國．屈原

紛吾既有此內美[1]兮，又重之以修能[2]。
扈江離與辟芷[3]兮，紉秋蘭以為佩[4]。
汩余若將不及[5]兮，恐年歲之不吾與[6]。
朝搴阰之木蘭[7]兮，夕攬洲之宿莽[8]。
日月忽其不淹[9]兮，春與秋其代序[10]。
惟草木之零落兮，恐美人之遲暮。
不撫壯而棄穢[11]兮，何不改乎此度[12]。
乘騏驥[13]以馳騁兮，來吾道夫先路[14]。

註釋

1.紛吾既有此內美：紛，盛多；內美，內在的美好品質。全句意即上天給了我很多美好的本質。
2.修能：修養與才能。3.扈江離與辟芷：扈，披掛；江離與芷草都是香草。4.紉秋蘭以為佩：紉，綴結。全句意為把秋蘭綴結在身上佩戴。5.汩余若將不及：汩讀音同古，水疾流貌，此處用於形容時光飛逝。全句意為時光流逝，我抓不住。6.不吾與：不等待我。7.朝搴阰之木蘭：搴讀音同漂，採摘；阰讀音同皮，山坡。全句意為早上在山坡採摘木蘭。8.夕攬洲之宿莽：攬，採摘；宿莽指經冬不死的草。全句意為傍晚在沙洲採摘宿莽。9.忽其不淹：忽，疾速貌；淹，停留。10.代序：依次更迭。11.撫壯而棄穢：撫壯，趁著壯盛時期；棄穢，拋棄惡習。12.度：法度。13.騏驥：讀音同其記，良馬。14.來吾道夫先路：道通導，引導。全句意為來啊！我在前面引導開路。

如鏡的朋友，一場經典的君臣之交

西元六二六年唐朝玄武門事變之後第八天，新任太子李世民招撫哥哥留下來的部屬，第一眼就看到魏徵。李世民用不屑的語氣問他：「聽說你曾經叫我哥殺我？你為什麼要挑撥我們兄弟的感情？」旁人大驚失色，魏徵卻冷冷地回答：「你哥如果早聽我的進言，肯定不會有今天的禍事！」

李世民不僅沒有降罪，更器重魏徵的膽識才能，在登基後封魏徵為「諫議大夫」。魏徵協助太宗開創「貞觀之治」，賢君良臣，傳為千古佳話。

魏徵輔佐太宗十七年，上過二百多次奏疏，唐太宗多數都有採用，因為如果太宗不從，魏徵的絕招就是已讀不回。（《舊唐書》原文是：「然徵每諫我不從，發言輒即不應，何也？」）

貞觀十一年（西元六三七年），唐太宗在長安城搞都市更新，並預修陵墓，經費嚴重超支。這一年魏徵連上四道奏疏，其中一篇就是〈諫太宗十思疏〉。

這篇奏疏有夠給力，唐太宗看完猛然驚醒，立刻從諫改過，並將這篇奏疏常年放在書桌上，以茲警惕！這篇文章也成為魏徵的代表作。

唐太宗曾問臣下：「創業難還是守成難？」有臣子回說「創業難」，魏徵卻說「守成難」。

雖然創業維艱，但守成更不易。魏徵委婉提醒太宗要「居安思危，戒奢以儉」，要積德義，爭取民心。因為民心如流水，水能載舟，亦能覆舟！

唐太宗對魏徵是又愛又怕，有一次唐太宗在花園玩小鳥（是真的鳥啦，小鷂鷹），遠遠看到魏徵走過來了，立刻把小鳥藏在袖子裡。偏偏魏徵這次報告講很久，等到魏徵終於告退後，小鳥已經悶死了。

貞觀十七年，魏徵已經六十三歲了。有一天晚上，太宗夢到魏徵向他拜別，心裡很忐忑，第二天消息來報魏徵過世，太宗悲痛不已，親臨弔唁並罷朝五日！他還寫下這段話：「夫以銅為鏡，可以正衣冠；以古為鏡，可以知興替；以人為鏡，可以明得失。」今天魏徵殂逝，我失去了一面鏡子啊！

正所謂：「千人之諾諾，不如一士之諤諤。」（諤諤，直言不諱）

五年後（貞觀二十三年），太宗崩，年五十一歲。

有人說讀這些歷史有什麼用？美國哲學家喬治・桑塔亞那（George Santayana）

說過一段名言：「那些不能從歷史中記取教訓的人，注定要重蹈覆轍！」

延伸閱讀

〈諫太宗十思疏〉節錄◉唐．魏徵

臣聞求木之長者，必固其根本；欲流之遠者，必浚[1]其泉源；思國之安者，必積其德義。源不深而望流之遠，根不固而求木之長，德不厚而思國之治，雖在下愚，知其不可，而況[2]於明哲乎？人君當神器[3]之重，居域中[4]之大，將崇極天之峻，永保無疆之休[5]。不念居安思危，戒奢以儉[6]，德不處其厚，情不勝其欲[7]，斯亦伐根以求木茂，塞源而欲流長者也。

註釋

1.浚：讀音同俊，疏通。2.況：何況。3.神器：帝位。4.域中：天地之間、全天下。5.無疆之休：休，美好、福祉。全句意為無窮無盡的美好。6.戒奢以儉：用節儉來戒除奢侈。7.情不勝其欲：性情不能克制一己的欲望。

人言不足畏，宰相肚裡能撐船

王安石，字介甫。古人的名和字多少有些相關，介和石都有堅硬的意思，果然符合他的人生。

九百多年來，政治上對「王安石變法」詆毀不斷，但他在文學上的地位卻也無可動搖。

王安石和司馬光都知道大宋王朝已經積弱積貧，改革勢在必行。兩人的方向雖然一致，但改革路線不同：一個要快，一個求緩。

司馬光私下寫了三封信給王安石，表達對變法的不同看法。王安石懶得一一回信，直接公開發臉書。這封公開信寫得實在太厲害了，也許有些人讀過，就是非常有名的書信體文章〈答司馬諫議書〉。

最後司馬光退出朝廷，避居洛陽十五年，編出偉大的史書《資治通鑑》！

王安石是以商鞅為榜樣來期許自己的。

商鞅變法花了二十一年，每兩年頒布一項新法。王安石是一年推出兩項新法，手段太急，打擊面太大。

變法八年後，王安石失敗罷官回金陵。

王安石和司馬光兩人都不好聲色、不好官職（兩人均辭官多次），也不殖貨利（不謀求財富）。論清廉，兩個人可以說都是好官。

他們兩人雖說都不納妾，但各有原因。（參見「生活要節儉，感情要收斂」篇）

王安石是出了名地邋遢，經常不梳洗就出門會客，衣服髒了也不換。有一次，他和神宗討論政事時，有一隻蝨子從他的鬍鬚中跑出來，皇帝看了直發笑。

還有一次，家人看到他臉色發黑，以為生重病，趕緊請大夫來看。醫生看完後開了個藥方——洗臉！

王安石認為天下最重要的事，就是讀書和報效國家。

太太吳氏煮了一道菜，王安石吃光光，太太以為他愛吃，就天天煮，天天被吃光。最後吳氏忍不住問他：「呃，你吃不膩嗎？」

王安石根本不記得自己吃了什麼？他認為吃飯非常浪費時間，又不得不吃。人世間可能真的有這種男人，可以連續一個月都吃一樣的菜。

古代官員外放，有時候不方便帶元配同行，所以要帶個妾照顧生活起居。

吳氏托媒人買了一個妾，王安石回家進書房看到後怒問：「小姐妳走錯地方了，快走開。」

小妾當場嚇哭，趕快自我介紹：「因為丈夫犯案，家產賠光了還不夠，所以賣我償債。」

王安石聽了很同情，把她先生叫來，還她賣身的錢，叫夫婦兩人回家，重新生活。

後來兒子和吳氏相繼去世，王安石晚年時納了一個小妾，這時候的他更加不修邊幅了。

有人密告王安石，說他的小妾偷人。王安石證實後不好直接揭穿，就寫了一首詩警告小妾。小妾看完立刻下跪說：「大人莫見小人怪，宰相肚裡能撐船。」

王安石不只原諒她，還賜她白銀，成全小妾和她的偷情對象。

延伸閱讀

〈答司馬諫議書〉節錄 ◉北宋．王安石

人習於苟且[1]非一日，士大夫多以不恤國事[2]同俗自媚於眾為善。上乃欲變此，

而某不量敵之眾寡[3]，欲出力助上以抗之，則眾何為而不洶洶[4]然？盤庚之遷[5]，胥怨[6]者民也，非特[7]朝廷士大夫而已。盤庚不為怨者故改其度[8]，度義而後動[9]，是而不見可悔故也。如君實[10]責我以在位久，未能助上大有為，以膏澤[11]斯民，則某知罪矣，如曰今日當一切不事事[12]，守前所為而已，則非某之所敢知。

無由會晤[13]，不任區區[14]嚮往之至。

註釋

1. 習於苟且：習慣得過且過。2. 不恤國事：不憂慮國事。3. 某不量敵之眾寡：我不去估量政敵有多少。4. 洶洶：叫囂喧鬧。5. 盤庚之遷：商王盤庚把國都遷到殷。6. 胥怨：相怨，多指百姓對上位者的埋怨、不滿。7. 非特：不只。8. 改其度：改變他的計畫。9. 度義：度，揣度、考量；義，合宜合理的事。10. 君實：司馬光，字君實，當時任諫議大夫。11. 膏澤：施予恩惠、恩澤。12. 不事事：不做事。13. 無由會晤：沒有機會碰面。14. 區區：自謙詞。

和而不同，他們成就了君子之爭

宋朝文官有個特色，雖然政見不同，但不會因為不同黨派就一刀切。在做學問和做人的態度上是接受公評的，君子不以人廢言，不以人廢文。舉個例子。神宗英年早逝三十六歲駕崩之後，哲宗十歲繼位。太后廢新法，把老臣找回來。

司馬光重新回到朝廷，四個月後，王安石過世。此時，王安石的變法派已成過街老鼠。

終身政敵司馬光特地上奏章，請求皇帝追封王安石，免得他死後名聲被追殺得太超過，還命蘇東坡為王安石寫制詞（祭文的概念）。

蘇東坡的爸爸蘇洵和王安石不對盤，曾寫過一篇〈辨奸論〉痛罵王安石。但是，當蘇東坡因為「烏台詩案」下獄差點被殺時，除了自己的弟弟蘇轍，文武百官無人敢為蘇東坡求情。人在江南的王安石知道後，立刻上書皇帝：「豈有盛世殺才士

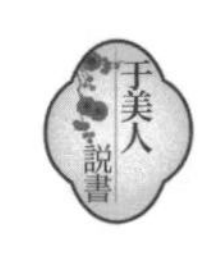

乎？」怎麼可以殺有才華的士大夫呢？

這才救了蘇東坡，改貶黃州。如果不是王安石，我們會損失一道名菜「東坡肉」。

後世評王安石的詩「瘦、硬、雄、直」，這個人寫文章從來不無病呻吟。他的七言絕句〈泊船瓜洲〉有這兩句：「春風又綠江南岸，明月何時照我還？」

王安石原本想寫春風又「到」、又「入」、又「過」江南岸，為了一個字，他苦苦冥搜，治學態度嚴謹。

你可以試著念念看，哪一個字比較順？

王安石四十九歲入京變法，十年後裸退回歸山林，六十六歲過世。

過世前二年，蘇東坡特地來拜訪他，待了一個月，才終於明白王安石用一生清白，向歷史證明他的初心，希望國富民強。即使他的變法沒有成功。

王安石最後不再過問朝政，再如何叱吒風雲的人，最後都會離去，只有江水不捨晝夜地奔流。

哲人日已遠，王安石變法成功和失敗的地方都值得後世學習和討論。還有，不是所有的宰相肚裡都能撐船！世人常說「對事不對人」，但實在不容易做到。或許，可以提醒自己在工作上「對事批評，對人讚美」。我們一起互勉。

延伸閱讀

〈南鄉子・自古帝王州〉◉北宋・王安石

自古帝王州[1]，鬱鬱蔥蔥佳氣浮[2]。
四百年來成一夢，堪愁。晉代衣冠成古丘[3]。
繞水恣行遊[4]。上盡層城更上樓。
往事悠悠君莫問，回頭。檻外長江空自流。

註釋

1.帝王州：此詩是王安石晚年謫居金陵時所作，而金陵城（今南京）是歷史悠久的古都。2.鬱鬱蔥蔥佳氣浮：鬱鬱蔥蔥，形容草木蒼翠茂盛；佳氣是指美好的氣象。3.晉代衣冠成古丘：此句出自李白的〈登金陵鳳凰台〉，意思是晉代的士族都已成為一堆古墳。4.繞水恣行遊：繞著江邊隨意地盡情遊賞。

你死我亡的「透抽遊戲」

昨晚飯局我先走，有一位初次同桌吃飯的漂亮女生追出來，塞給我一個圓形鐵盒，並神祕地告訴我：「姊，這是現在最夯的餅乾，您慢慢地享用……」

為了搞懂這塊餅乾，惡補了韓劇《魷魚遊戲》。編劇真的厲害！

今天介紹一個發生在春秋戰國時代的「透抽遊戲」，沒被抽中的人，會死。

故事出處是《左傳・桓公十五年》，西元前六九七年。

背景介紹：鄭國經過一場混亂，原來的國君出逃。大臣祭仲擁立新的國君上位，就是鄭厲公。

鄭厲公懷疑大臣祭仲的忠心，怕祭仲謀權篡位，想殺掉他又沒有實力，只能表面維持尊重，私下想物色一個人暗殺祭仲。

這個殺手的人選，必須找一個可以親近祭仲的人。

有了！決定找祭仲的女婿來執行暗殺的任務。

此事被祭仲的女兒雍姬知道，她很困擾，回娘家向母親求救，要選爸爸還是選丈夫？

這是個生死存亡的難題，沒被抽中的一方必死。

以下是母女兩人的對話：

女兒：「媽，父與夫孰親？」（爸爸和丈夫哪一個比較親？）

母親：「妳傻了嗎？人盡夫也，父一而已。天下男人都有可能成為妳的丈夫，但是爸爸只有一個，怎麼可以拿來比較？」

女兒聽完後，悄悄抬眸，看到母親的臉色，心中有了主意。

當晚父親祭仲接到消息後，先下手為強，把女婿給殺了。

至於那個等著要辦慶功宴的鄭厲公，一聽到暗殺行動失敗，嚇得趕緊連夜逃亡。

這個故事後來濃縮成一句成語「人盡可夫」，它的解釋歪樓了兩千多年，現在已經成為罵人的話了。

張愛玲小說中有一段話註解得很好：「任何人……當然這『人』字是代表某一階級與年齡範圍內的未婚者……在這範圍內，我是『人盡可夫』的！」

女生是不是不要再問男生：「如果我和你媽掉水裡，你要先救誰？」自己先學游泳吧！

PS：餅乾味道……嗯，味道不是重點。

延伸閱讀

《左傳．桓公十五年》◉春秋．左丘明

祭仲專[1]，鄭伯患[2]之，使其婿雍糾殺之。將享諸郊[3]。雍姬知之，謂其母曰：「父與夫孰親？」其母曰：「人盡夫也，父一而已[4]，胡可比也？」遂告祭仲曰：「雍氏舍其室而將享子於郊[5]，吾惑[6]之，以告。」祭仲殺雍糾，屍諸周氏之汪[7]。公載以出[8]，曰：「謀及婦人，宜其死也[9]。」

註釋

1.專：專權跋扈。2.患：憂慮、忌憚。3.將享諸郊：準備在郊外宴請祭仲。4.人盡夫也，父一而已：對一名女子來說，任何男子都能成為她的丈夫，但父親只有一個。5.雍氏舍其室而將享子於郊：雍糾不在他的屋裡而選在郊外宴請你。6.惑：懷疑、疑惑。7.屍諸周氏之汪：汪，池塘。全句意為把屍體擺在周氏的池塘邊。8.公載以出：鄭厲公載送屍體逃離鄭國。9.謀及婦人，宜其死也：和婦人商量謀畫，死得活該。

刀下留人！內閣總辭救韓愈

韓愈是唐代古文運動的倡導者，後人尊之為「唐宋八大家」之首。蘇洵說韓愈的文章如長江大河，而他的兒子蘇東坡說韓愈「文起八代之衰」，對他的人、他的文才都很推崇。

韓愈三十六歲寫〈祭十二郎文〉時，傷心欲絕。

但是，真正讓他差點絕命的是另外一篇文章〈諫迎佛骨表〉，寫於唐憲宗元和十四年（西元八一九年），韓愈五十一歲。

唐朝佛道盛行，據說法門寺的佛骨舍利是天降祥瑞，每三十年開放一次迎佛骨。皇帝一聲令下，長安城陷入瘋狂……世人皆醉，但總有一個人是清醒的。

韓愈連夜寫成〈諫迎佛骨表〉，勇敢批評皇帝佞佛，不會有好下場！

皇帝看完後，臉色鐵青，一把將奏書扔擲地上……「來人啊！大膽韓愈，竟敢上表咒朕迎佛骨會早死，朕看是他想找死。傳旨，立斬！」

宰相裴度和崔群率眾臣求情，如果殺韓愈則內閣總辭。

皇帝只好饒他一命，但叫他立刻滾出長安，貶到八千里外的潮州。

五十一歲的韓愈，行李、家眷都來不及安排，孤身上路。

當時還是正月，寒流來襲，走到藍關下大雪，雪大到馬都不願意走，不得已停下來。遠遠有一個頭戴斗笠的人，走近一看，竟是十二郎的兒子韓湘！

韓湘上前抱住韓愈：「叔公，我來晚了，幸好趕上。我陪你去潮州，路上好有個照應。」韓愈激動到淚水奪眶而出。

當時潮州是荒涼偏僻之地，韓愈上任只八個月就政績斐然。他辦教育、驅鱷魚，被潮州人奉為神明，修建「韓文公祠」。連當地山水都改姓韓，稱韓江、韓山。

會做事的官，八個月可以完成很多事。

韓愈帶動潮州文風繁盛，到宋朝統計，潮州考中進士一九一名，名列前茅！

韓愈五十七歲過世，死時家譜上畫的是紅線（代表有子孫可以傳承血脈，參見「靠譜的韓愈，撐起了家族血脈」篇）。

台灣也有韓愈廟，屏東內埔鄉「昌黎祠」是全台唯一主祀韓愈的廟，據說是因為內埔鄉的客家人祖先大都來自嶺南潮州。不知是否有人知道這段移民史？

延伸閱讀

〈左遷至藍關示姪孫湘〉◉唐．韓愈

一封朝奏九重天，夕貶潮陽路八千[1]。
欲為聖朝除弊事，肯將衰朽惜殘年[2]。
雲橫秦嶺家何在？雪擁藍關馬不前
知汝遠來應有意[3]，好收吾骨瘴江邊[4]。

註釋

1.一封朝奏九重天，夕貶潮陽路八千：九重天，指朝廷。全句意為早上呈送奏章，晚上就被貶到遙遠的潮州。2.肯將衰朽惜殘年：怎能因為老邁就吝惜自己殘餘的生命。3.應有意：另有心意，亦即知道此去凶多吉少。4.瘴江邊：瘴氣滿布的江邊。

好一場政治騙局，上下交相賊的廢死大戲

〈縱囚論〉是一篇有名的翻案文章，作者是北宋的歐陽修。

唐太宗在貞觀六年（西元六三二年）上演一齣政治大秀！這也是一場「認知作戰」，主題是唐太宗的仁德可以讓小人變成君子。

這段傳為「美談」的德政，到底是什麼呢？

話說貞觀六年的十二月，唐太宗在過年前把大牢的死刑犯共三百九十人，全部集合一起，然後當眾宣布讓他們回家過年，有機會和家人好好告別。

同時和這些死囚約定好時間，期約一年後要回來接受死刑。

一年後，這三百九十名死刑犯竟然全員到齊，沒有人「逾假未歸」。

哇，殺人放火、罪大惡極的死刑犯竟然比君子還守承諾、講信義！

唐太宗被囚犯依約赴死的精神所感動……當場宣布赦罪，並釋放了所有的死囚。

這件事情發生後，整個唐朝、全天下的人都按讚，無人敢表達不同的意見。

事隔四百年才被翻案！

先複習一下此文中「賊」的字意，「賊」意指用不正當的居心揣摩對方。

好，來看看歐陽修的分析：

太宗料想囚犯會回來求得赦免，所以才敢放人。太宗設想揣摩犯人一定會回來才釋放囚犯，這是上「賊」下之情也。

囚犯料想回來一定能得赦免，所以才願意回來。囚犯設想揣摩回來必得赦免，這是下「賊」上之心。

所以歐陽修說，少來這一套！「吾見上下交相賊」，我只看到唐太宗和囚犯彼此用不正當的居心揣摩對方。

哪有什麼太宗施恩德、囚犯知信義的「美談」，不過是大家配合皇帝作秀，破壞國家法制而已。

豈止唐太宗和囚犯，自古多少君臣也是「上下交相賊」。賊對了就升官發財，賊錯了就火堆添柴，升天！

〈縱囚論〉節錄 ◉ 北宋．歐陽修

信義行於君子，而刑戮[1]施於小人。刑入於死[2]者，乃罪大惡極，此又小人之尤甚者[3]也。寧以義死，不苟幸生[4]，而視死如歸，此又君子之尤難者[5]也〔……〕

或曰：「罪大惡極，誠小人矣。及施恩德以臨之，可使變而為君子；蓋恩德入人之深，而移人之速[6]，有如是者矣。」曰：「太宗之為此，所以求此名也。然安知夫縱之去也，不意[7]其必來以冀免[8]，所以縱之乎？又安知夫被縱而去也，不意其自歸而必獲免，所以復來乎？夫意其必來而縱之，是上賊下之情[9]也；意其必免而復來，是下賊上之心[10]也。吾見上下交相賊[11]，以成此名也，烏有[12]所謂施恩德，與夫知信義者哉？不然，太宗施德於天下，於茲六年矣。不能使小人不為極惡大罪；而一日之恩，能使視死如歸，而存信義；此又不通之論也。」

註釋

1.刑戮：刑罰及處死。2.刑入於死：刑罰達到死刑。3.小人之尤甚：小人中特別壞的。4.不苟幸生：不苟且偷生。5.君子之尤難者：君子也很難做到，或君子中最難能可貴的。6.入人之深，而移人之速：感化人心之深，改變人性之快速。7.意：猜測、料想。8.冀免；希望獲得赦免。9.上賊下之情：上位者以不正當的居心去窺探下位者的心意。10.下賊上之心：下位者以不正當的居心去揣摩上位者的心意。11.上下交相賊：上位者與下位者相互揣測對方的心意。12.烏有：哪有。

第六章

字與詞，哪是一個巧字了得

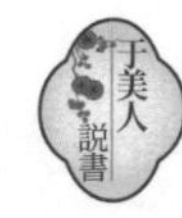

多加一個字，文氣語氣全順了

文言文最大的特點就是虛字（虛詞），所謂「之乎者也矣焉哉，用得成章好秀才」。

虛字用得好，有助於文章句子結構的完整和表達，以及情感的抒發。

當年宋太祖趙匡胤準備擴建皇城，看到一塊門匾「朱雀之門」，這位軍人出身的皇帝不解地問：「為何不寫『朱雀門』就好，加『之』有何用處？」旁邊大臣回答：「語助。」

宋太祖大笑說：「之乎者也，助得甚事？」

「朱雀門」語氣緊迫，而「朱雀之門」語氣舒緩，音節調整後，給人平衡感。

〈蘭亭集序〉全文有二十一個「之」字，加上作者王羲之的名字又多一「之」字！

王羲之家裡還有七個「之」。他有七個兒子，名字都叫王〇之，老七王獻之的「之」字寫得最好。

據說，當時拜五斗米教的信徒也喜歡用「之」命名。

以上就各位姑妄聽「之」囉！

想想，若只有「姑妄聽」是不是很不順？

延伸閱讀

〈蘭亭集序〉 ◉東晉．王羲之

永和九年，歲在癸丑[1]，暮春之初，會於會稽山陰之蘭亭，脩禊[2]事也。群賢畢至，少長咸集。此地有崇山峻嶺，茂林修竹，又有清流激湍，映帶左右，引以為流觴曲水[3]，列坐其次。雖無絲竹管弦之盛，一觴一詠，亦足以暢敘幽情。

是日也，天朗氣清，惠風和暢，仰觀宇宙之大，俯察品類[4]之盛，所以遊目騁懷，足以極視聽之娛，信可樂也。

夫人之相與，俯仰一世，或取諸懷抱，悟言一室之內，或因寄所託，放浪形骸之外。雖趣舍萬殊[5]，靜躁不同，當其欣於所遇，暫得於己，快然自足，不知老之將至。及其所之既倦，情隨事遷，感慨係之矣。向之所欣[6]，俯仰之間，已為陳跡，猶不能不以之興懷。況修短隨化，終期於盡[7]。古人云，死生亦大矣，豈不痛哉！

每覽昔人興感之由，若合一契，未嘗不臨文嗟悼，不能喻之於懷。固知一死生為虛誕，齊彭殤為妄作[8]，後之視今，亦猶今之視昔，悲夫！故列敘時人，錄其所述，雖世殊事異，所以興懷，其致一也。後之覽者，亦將有感於斯文。

註釋

1.癸丑：指東晉穆帝永和九年（西元三五三年），歲次癸丑。2.脩禊：古代的一種巫覡風俗，在三月初（後來固定在三月初三）於水邊嬉戲洗濯來除去不祥。3.流觴曲水：衍生自脩禊的一種遊戲。將酒杯放在上游的水面上，順流而下時停在哪個人面前，那人就取杯飲酒。4.品類：品與類的意思都是種類，在此指自然界的萬物。5.趣舍萬殊：即取捨萬殊，意思是人們所追求及捨棄的千差萬別，也就是指個人志趣不同。6.向之所欣：向是以往、先前的意思。指以往喜歡的或感到快樂的。7.況修短隨化，終期於盡：修短即長短，化為造化。全句意思是壽命長短都隨造化而定，最後必定走到盡頭。8.固知一死生……妄作：彭指彭祖，殤是未成年夭折。全句意思是把長壽短命視為一樣是荒誕的。

此粉非彼粉，都能以假亂真

〈晚遊六橋待月記〉，是明朝袁宏道寫西湖美景的山水小品佳作。其中有兩句「歌吹為風，粉汗為雨」，「吹」要念四聲，意指樂器的吹奏聲；「粉汗為雨」是誇飾法，形容遊湖仕女眾多，揮汗如雨。

「粉」的成語，常見的有「粉墨登場」、「粉身碎骨」、「擦脂抹粉」……還有一個成語大家都知道，只有國君不知道，那就是「粉飾太平」，天下哪有真正太平過？

唐朝歷史不到三百年，但有戰爭的多達兩百多年。所謂「天下太平」是拿來哄哄國君的，只是一場做戲。

各位！天下太平，何難之有？粉塗厚一點就有！

〈晚遊六橋待月記〉◉明・袁宏道

西湖最盛，為春為月。一日之盛，為朝煙，為夕嵐。

今歲春雪甚盛，梅花為寒所勒，與杏桃相次開發[1]，尤為奇觀。石簣數為余言[2]：「傅金吾園中梅，張功甫玉照堂故物也[3]，急往觀之。」余時為桃花所戀，竟不忍去湖上。

由斷橋至蘇堤一帶，綠煙紅霧，瀰漫二十餘里。歌吹為風，粉汗為雨，羅紈[4]之盛，多於堤畔之草，豔冶極矣。

然杭人遊湖，止午、未、申三時。其實湖光染翠之工，山嵐設色之妙，皆在朝日始出，夕舂[5]未下，始極其濃媚。月景尤不可言，花態柳情，山容水意，別是一種趣味。此樂留與山僧遊客受用，安可為俗士道哉！

註釋

1.相次開發：相繼開花。2.石簣數為余言：石簣即袁宏道好友陶望齡的別號；數讀音同碩，屢次。全句意思是石簣多次對我說。3.傅金吾……故物也：金吾是武官名；張功輔是南宋張鎡，玉照堂是他特別修築的賞梅園林。這兩句的意思是，傅園所種的梅花是取自玉照堂的古梅。4.羅紈：泛指精美的絲織品，在此指衣著華麗的遊客。5.夕舂：即夕陽。

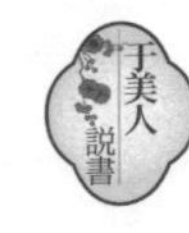

欲語還休，一曲新詞酒一杯

有人說去查了宋詞〈卜算子〉，結果跳出好多人都有寫〈卜算子〉，問我這是什麼意思？

「詞」在宋代就是通俗歌曲，是要配合音樂的。

大致有兩種，一種是市井通俗作品，為宴會歌女捧長官而寫，要配合樂曲，不能有倒音，屬於流行歌曲。

另外一種是士大夫文人為自娛而寫，不要求完全合拍，創作空間比較大。

宋朝大概有一百多種詞牌（〈卜算子〉就是其一），每一種都有很多人填詞。所以，俗話說「作詩填詞」就是這個意思。

舉個例子來說明。歌仔戲有〈七字調〉、〈都馬調〉，曲調都是固定的，只是歌詞換了而已。

再舉個例子。日本男歌手近藤真彥當年有一首歌很紅，港台多人重新填詞翻唱。

按照這首歌的曲子填上粵語、國語和台語，我舉副歌的部分為例，字數幾乎一樣：八個字、七個字、八個字、六個字。為了讓大家明白，我把它們全部找出來。

原唱：近藤真彥〈夕燒之歌〉

夕陽慢慢地映照我的臉頰
夕陽和那時一樣的美麗
真的真的好想去轟轟烈烈地愛一場啊
春去秋來我的愛在哪裡
（日文因為是翻譯，字數不準）

粵語：陳慧嫻〈千千闕歌〉

來日縱使千千闋歌　飄於遠方我路上
來日縱使千千晚星　亮過今晚月亮

粵語：梅豔芳〈夕陽之歌〉

曾遇上幾多風雨翻　編織我交錯夢幻

曾遇你真心的臂彎　伴我走過患難

粵語：張智霖、許秋怡〈夢斷〉

眠入你的深深臂彎　即使最終也夢斷

纏住你的絲絲髮梢　像我思緒混亂

國語：李翊君〈風中的承諾〉

曾經在雨中對我說　今生今世相守（拉音）

曾經在風中對我說　永遠不離開我

台語：黃乙玲〈天知地知〉

天知地知我的心內　只有只有你的愛

天知地知你的心內　根本無我存在

台語：王識賢〈老鷹〉

老鷹在空中影隨風　走找你的方向

老鷹在空中滿身傷　只有四界流浪

這樣有比較明白了嗎？所以，同樣的詞牌〈滿江紅〉可以豪情萬丈，也可以充滿肉慾。

岳飛寫的〈滿江紅〉，讀來令人熱血澎湃！

怒髮衝冠，憑欄處、瀟瀟雨歇。
抬望眼，仰天長嘯，壯懷激烈。
三十功名塵與土，八千里路雲和月。
莫等閒、白了少年頭，空悲切。
靖康恥，猶未雪。臣子恨，何時滅！
駕長車，踏破賀蘭山缺。壯志飢餐胡虜肉，笑談渴飲匈奴血。
待從頭、收拾舊山河，朝天闕。

再來看另一個版本：秦觀寫的〈滿江紅〉（也是會熱血的啦）：

越艷風流，占天上、人間第一。
須信道、絕塵標緻，傾城顏色。
翠綰垂螺雙髻小，柳柔花媚嬌無力。
笑從來、到處只聞名，今相識。
臉兒美，鞋兒窄。玉纖嫩，酥胸白。
自覺愁腸攪亂，坐中狂客。金縷和杯曾有分，寶釵落枕知何日。
謾從今、一點在心頭，空成憶。

瞧瞧，面對這個百聞不如一見可人兒——臉兒美、金蓮小腳、蜂腰翹臀、胸白如雪，又自帶三分俏、七分怨的，怎麼能夠讓人坐懷不亂呢？如此直白的描述，讀來不僅令人熱血奔騰，還可能流鼻血呢。

著花未？呷飽未？詩詞也可以這樣讀

語言文字是文化的載體，而文化是流動的概念，所以語言文字也會隨之演化。例如，我們現在罵人「你很機車」，五百年後的人就要靠註解才能明白這句是罵人的話。

閩南語和粵語不僅保留很多中原古音，也保留很多唐宋時期的語言習慣。來讀一首大家熟悉的詩，唐朝詩人王維的〈雜詩〉第二首：

君自故鄉來，應知故鄉事。
來日綺窗前，寒梅著花未？

「著花未？」簡單直譯就是：梅花開了沒有？

這個句型我們幾乎每天聽到，例如「呷飽未？」「睏飽未？」懂閩南語的朋友

是不是很有親切感！

再舉一例。李後主的「問君能有幾多愁？恰似一江春水向東流」（要問我心中有多少哀愁，就像這春天的江水滾滾東流）。

去香港購物時，最溜的粵語不正是這句「幾多錢？」

現在習慣說「多少錢？」但「幾多」的用法依然保留在粵語和客語中。

你也可以翻書找找看，很有趣。

PS：在高雄六合夜市拚了二碗海鮮粥，老闆：「美人，呷飽未？」我問：「老闆，一碗幾多錢？」哈哈！

腦筋急轉彎，猜字謎的一把好手

元宵節是天官大帝賜福的日子。

古時娛樂項目不多，元宵節賞花燈、猜燈謎是非常受歡迎的活動。猜燈謎千萬別遇到楊修喔，為什麼？

南朝宋．劉義慶《世說新語．捷悟》篇，講述了一則楊修和曹操的故事。

楊修是捷悟之人。有一天，他跟隨曹操途經曹娥碑下，石碑背面題寫著「黃絹、幼婦、外孫、齏臼」八個字。

曹操問楊修：「你知道這是什麼意思嗎？」

楊修回答說：「知道。」

曹操說：「你先別說，等我想一想。」

兩人走出三十里遠的時候，曹操才說：「我已經知道了。」

曹操命令楊修單獨寫出他所知道的答案。

楊修寫的是：

「黃絹，是有色的絲織品，寫成字是『絕』。

幼婦，是少女的意思，寫成字是『妙』。

外孫，是女兒的孩子，寫成字是『好』。

齏臼，是承受薑椒辛香料的器具，寫成字是『辭』。

這八個字說的是『絕妙好辭』的意思。」

曹操也寫下了自己的想法，和楊修是一樣的。

曹操讚嘆道：「我的才能比不上你，走了三十里路才明白碑文的意思。」

楊修是不是很厲害！

在《世說新語．捷悟》篇中，共有四則曹操與楊修之間的故事，下面再舉一個例子，來看看楊修的機敏真不是蓋的。只可惜，最後還是被曹操藉故處決了。

延伸閱讀

《世說新語．捷悟》節錄◉南朝宋．劉義慶

楊德祖[1]為魏武[2]主簿，時作相國門，始搆榱桷[3]，魏武自出看，使人題門作「活」字，便去[4]。楊見，即令壞[5]之。既竟[6]，曰：「門中『活』，『闊』字。王正嫌門大也[7]。」

註釋

1. 楊德祖：楊修，字德祖。2. 魏武：曹操，字孟德，曹魏建立後被尊為武皇帝。3. 始搆榱桷：搆音義同構，建造；榱桷讀音同催決，屋椽。4. 去：離開。5. 壞：拆毀。6. 既竟：等到拆完後。7. 王正嫌門大也：門上加個活字就成了闊字，代表魏王嫌這個門太大了。

一個畫面，秒懂斷腸人的心

最近台北有些陰冷，我們來讀讀「元曲」。

文體有很多種分法，簡單來講，有押韻的稱韻文，沒押韻的稱散文，像漢賦、唐詩、宋詞、元曲都強調押韻，所以它們就是韻文。

元曲包括「散曲」和「雜劇」兩類文體，散曲是一種比較口語化又雅俗共賞的新詩體。

馬致遠的〈天淨沙．秋思〉應該是大家記憶最深刻的元曲，總共二十八個字。

枯藤、老樹、昏鴉，
小橋、流水、人家，
古道、西風、瘦馬。
夕陽西下，

斷腸人在天涯。

畫面感非常強烈，向晚的秋景層層堆疊，到最後主角才登場。這樣的景色配上斷腸人，勝過言語無數。

元曲講話很直白，不太拐彎抹角，我們再來看張養浩的作品。

那一年（西元一三二九年）陝西大旱，朝廷（元朝）派五十九歲的張養浩去賑災，他在潼關駐足的片刻，寫下一首〈山坡羊．潼關懷古〉：

峰巒如聚，波濤如怒，山河表裡潼關路。
望西都，意踟躕。
傷心秦漢經行處，宮闕萬間都作了土。
興，百姓苦，亡，百姓苦。

「山河表裡」此處形容潼關的地形，內裡據有華山，外表有黃河，形勢非常險要。他站在潼關，西望長安，思緒萬千，心情十分惆悵。

長安曾多次成為帝國首都，但歷史上無論哪個朝代，他們興盛也罷，敗亡也罷，

老百姓總是遭殃受苦。

張養浩的名字，出自《孟子》：「吾善養吾浩然之氣。」陝西災情慘重，因為大災之後必有大疫，他每天忙到腳不沾地，上任不到四個月就心力交瘁、油盡燈枯，最後死在任上，年五十九歲。

語助詞有多神奇，一個字逆轉了意思

明朝大臣洪承疇，七歲能背全本《三字經》，二十四歲高考全國第十七名，平日手不釋卷。

更難能可貴的是，他還是一個有軍事天才的書生，帶兵打過幾場關鍵勝仗。

明崇禎十五年（西元一六四二年），洪承疇在松錦大戰中兵敗被俘。消息傳回北京，崇禎皇帝淚流滿面，認為洪承疇一定殉國，親自寫了祭文，還準備設壇祭奠他英勇就義，讓所有大臣為他舉哀，想不到眾人淚水還掛在臉上時……

……報……報告！洪承疇投降了。

先別罵！就是怕你罵，所以才不先寫岳飛。

有人九死不悔，有人明哲保身，鐘鼎山林人各有志，不可強求！

洪承疇曾經寫過一副對聯，感念崇禎皇帝的厚愛：「君恩深似海，臣節重如山。」

在他降清後，這副對聯被人各加了一個語助詞，味道完全變了：「君恩深似海

矣！臣節重如山乎？」

還有用名字玩的諧音梗：「史筆留芳，雖未成功終可法；洪恩浩蕩，不能報國反成仇。」前面說的是史可法，後面說的是洪承疇。

不敢與君絕，古代版的海誓山盟

〈有所思〉是一首漢朝的樂府民歌，屬於《漢鐃歌十八曲》之一，內容描述一位民間女子敢愛敢恨、真誠坦率的個性。我在此截取兩段：

有所思，乃在大海南。
何用問遺君？雙珠玳瑁簪。
用玉紹繚之。

白話文：有一位我日夜思念的人，就在大海的南邊。拿什麼送他好呢？就送一枚玳瑁做的雙珠髮簪吧。我還加碼在髮簪的兩端繞上晶瑩的碧玉。

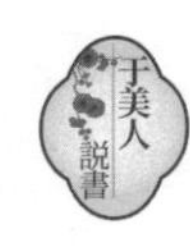

聞君有他心，拉雜摧燒之。
摧燒之，當風揚其灰。
從今以往，勿復相思。相思與君絕。

白話文：聽說你變心，我把原本要送你的髮簪折碎扔進火裡燒了，不僅火燒，還要把燒完的灰燼隨風飛揚。從此以後，就不再想你。把對你的思念就此斷絕！

這一段用了兩次頂真格：「摧燒之」與「相思」，所以要出聲念出來，才能和女主角的愛恨共感。

而這首詩的後半段，大意是描述她嘴上不饒人，但是說完又後悔，只好自言自語，等天亮後再做決定。

張愛玲曾對心愛的男人說：「遇見你，我變得很低很低，一直低到塵埃裡去，但我的心是歡喜的，並且在那裡開出一朵花來。」

很多女人願意為了「愛情」滾進塵埃，還自我安慰會長出一朵沙漠玫瑰。但是，有一天她會重新站起來，因為不愛了，便不再卑微。

PS：鐃歌是一種鼓吹曲，鐃是形狀像鈴、有握柄的一種銅製打擊樂器，會配合蕭、笳、笛、鼓一起演奏。

PPS：頂真辭格，是指用前一句結尾的詞語做下一句的開頭，兩句首尾蟬聯。

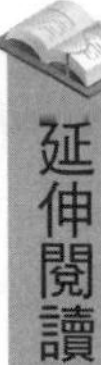

延伸閱讀

《漢鐃歌十八曲．上邪》

上邪[1]！我欲與君相知，長命無絕衰[2]。
山無陵[3]，江水為竭，冬雷震震[4]，夏雨雪[5]。
天地合[6]，乃敢[7]與君絕。

註釋

1.上邪：上天啊。邪是語助詞，類似耶、啊。2.無絕衰：永不斷絕及退減，衰讀音為摧。3.陵：山峰。4.震震：雷聲。5.夏雨雪：夏天下雪。雨讀音同玉，下雪。6.天地合：天地合在一起。7.乃敢：才敢。

第七章

親情最是動人心

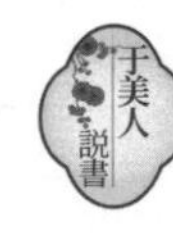

那屋那樹，以及摯愛的那些親人

衣錦還鄉，猜一個人名。

這個人的文章是「明文第一」，號稱明朝的歐陽修，他就是〈項脊軒志〉的作者——歸有光。

「項脊軒」，是歸有光家的一間小屋，也是歸有光的書房。小屋是一間百年老屋，幸運躲過了四次火災。當年有學生不懂，一個破書房有什麼好寫的？

全文分兩次寫成，前四段寫於作者十八歲時，主要抒發對母親、祖母的思念並感嘆家族之間的爭鬥。後兩段補寫於十餘年後，用以懷念亡妻（元配魏氏）。寫作時間雖然相隔很久，但通篇思想、情感卻能一脈相承。

最後寫到當年妻子親手種的枇杷樹，已經亭亭如蓋，但如今樹在人亡兩不知，言有盡而意無窮……

歸有光擅長用口頭語說家常事，另外一篇〈先妣事略〉更是悼念亡母的名文。

他寫出母親短暫而艱辛的一生，是一首封建時代女性的悲歌……簡述如下。

歸有光的母親姓周，十六歲嫁到歸家，第二年就開始生孩子，一連生了七個（有一對雙胞胎先後夭折）。因為一直生育，身體受損，並為多子所苦，所以吃了一個避孕偏方（田螺水），卻中毒聲啞，從此失語，不久過世。母親走的時候才二十六歲，留下三子二女。那一年，歸有光七歲。

補充一下，誤食田螺中毒在一九八五年的台灣也發生過悲劇，一家知名醬油廠的老闆誤信生食蝸牛很補，要全家都吃，後來感染廣東住血線蟲。一家五口，夫妻兩人、老母親及長子死亡，次子雖救回但臥病多年，最後回天乏術。

歸有光雖早慧，但考運不佳。二十歲中秀才，之後寒窗十五年，三十五歲才中舉人。接下來連續落榜八次，講學教書二十年。雖才名遠播，卻直到六十歲才考上進士。外放做官又不順，六十五歲時終於進入朝廷，正想一展長才，六十六歲就因病過世，留下殘念。

他一生都在送別，幼年喪母，幸有祖母照顧。父親家貧，全靠外祖家接濟，偏偏母親死後第二年外婆也過世。接著，周家全家染上瘟疫，死了三十口人才停止，只有外祖父和二舅舅活了下來。

歸有光的元配魏氏婚後五年過世，留下一子一女。幾年後，他再續弦王氏，王

氏最辛苦，陪他度過不斷落榜的艱苦歲月，歸有光還經歷了喪子之痛（魏氏生的長子十六歲病亡），不久和他同甘共苦十六年的王氏也病故，讓他痛徹心肺。晚年，再娶費氏就沒有留下什麼記載了。

歸有光是明朝書寫女性最多的文人，各位現在是不是能明白了？明朝考進士做官的人不可勝數，但有幾個人的文章，五百年後讀來還會讓人感動的？

他才華橫溢，卻一生不遇！想想他六十歲那年是什麼心情？終於求得功名想回報給至親，但，她們都不在了……

PS：歸有光，字熙甫。「熙」是光明的意思，「甫」是美男子的意思。古人很喜歡用甫這個字。唐朝詩聖杜甫字「子美」，就是這個意思。再加一個王安石，字介甫！石和介都是堅硬的意思，所以會有人取名叫介石……喔！再說下去就太長了。

延伸閱讀

〈項脊軒志〉節錄◉明．歸有光

然余居於此，多可喜，亦多可悲。先是庭中通南北為一[1]，迨諸父異爨[2]，內外多置小門牆，往往而是[3]。東犬西吠，客逾庖而宴[4]，雞棲於廳。庭中始為籬，已為牆，凡再變矣[5]。家有老嫗，嘗居於此。嫗，先大母[6]婢也，乳二世，先妣撫之甚厚。室西連於中閨[7]，先妣嘗一至。嫗每謂余曰：「某所，而母立於茲[8]。」嫗又曰：「汝姊在吾懷，呱呱而泣；娘以指叩門扉曰：『兒寒乎？欲食乎？』吾從板外相為應答。」語未畢，余泣，嫗亦泣。余自束髮，讀書軒中，一日，大母過余曰：「吾兒，久不見若影[9]，何竟日默默在此，大類女郎也？」比去[10]，以手闔門，自語曰：「吾家讀書久不效，兒之成，則可待乎！」頃之，持一象笏[11]至，曰：「此吾祖太常公宣德間執此以朝，他日汝當用之！」瞻顧遺跡，如在昨日，令人長號[12]不自禁。

註釋

1.先是庭中通南北為一：原先院子南北相通，是一整個院子。2.迨諸父異爨：迨，等到；爨讀音同竄，異爨是指各自炊飯，指分家。全句意為伯父、叔父分家。3.往往而是：到處都是。4.客逾庖而宴：庖，廚房；指客人得越過廚房去吃飯。5.庭中始為籬……凡再變矣：開始時用籬笆隔開，後來改用牆，已經改動過兩次了。6.大母：祖母。7.中閨：內室。8.某所，而母立於茲：這個地方，你母親曾經站在這裡。9.若影：你的身影。10.比去：等到離開時。11.象笏：象牙做的手板，古代高官朝見所持，用來記事備忘。12.長號：放聲大哭。

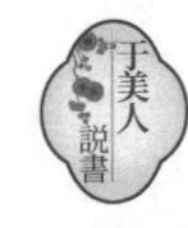

李爾王，一個自戀又自大的父親

閱讀古典詩詞和經典作品的好處是，你說不明白的心情，有人懂！它們在路上等你。

登山的人一定最能感受「只在此山中，雲深不知處」的意境。

曾在海邊看到月亮從海平面升起的人，忍不住會說出「海上生明月，天涯共此時」的句子。

莎士比亞的四大悲劇之一《李爾王》，把親情、人性、權力、控制，一次說盡，它們在終點等待所有為人父母者。

為人子女的時候看這個故事，覺得李爾王活該，竟然相信花言巧語，看不出哪個女兒才是真心的。

等到為人父母之後再看李爾王，會多了一些體諒。

父母很難拒絕子女「誠懇」的甜言蜜語，也很難接受最愛的那個小孩「冷靜」

又平淡的回答。

父母太相信付出必有回報；誤信可以用錢控制孩子。

《李爾王》的故事分兩條線，主軸是李爾王和三個女兒，副線是公爵和他的兩個兒子（一個嫡長子，一個私生子）。

從前從前有一個不列顛王國，國王叫做李爾。李爾王老了，想要把國土和國王的權力分給三個女兒。

大女兒和二女兒已經結婚，最愛的小女兒還未婚，但是同時有兩個王公貴族前來求娶三公主。

這個一生掌握王權、自信破表的李爾王，想出來的分配方法，竟然是讓三個女兒做一場演講比賽，題目是「我有多愛爸爸」。

他希望三個女兒都不愛別人，只愛他自己。

大女兒和二女兒的回答讓他非常滿意，而不願阿諛奉承說假話的三公主，認為她對父親的愛，不可用言辭表達。她說，她雖然愛父親，但對父親的愛依照著做一個女兒的本分，恰到好處，一分不多一分不少。

還有一半的愛，她要分給未來的丈夫。

小女兒的回答違背了父親的期待，使他大為憤怒而將所有領土分配給大女兒和

二女兒，並且放棄國王的權力，只留下一百個侍衛。

他無法看透兩個女兒的冷酷心腸，想去依靠她們，想要兩邊輪流住，不料姊妹相親，拋棄父親。

李爾王最後孤獨流浪荒野，小女兒趕來救援，卻失敗被俘處死，李爾王抱著小公主的屍體，發狂痛哭，這才是最愛我的女兒啊……

至於大女兒和二女兒，則被公爵的私生子玩弄感情，最後相殘而死。

三個女兒都死了，不論真心還是假意，都死了。

大駙馬要把國土和王位都還給李爾王，但八十歲的李爾王不會在乎這些了。

李爾王在傷心中寧願死去，最後死在小女兒的遺體旁。

當年這齣戲演出後，因為結局太悲慘了，觀眾無法接受。所以有一百五十年的時間，演出時的結局都被改寫了。那是童話般的結局，小公主沒死，從此照顧父親，讓父親安享晚年。

一直到十九世紀，演出才恢復成原版。（未完待續）

自古皇家無親情？都是自作孽惹的禍

不列顛王國還有一位大公爵，年紀和李爾王差不多，他有兩個兒子，一個是長子，未來爵位的繼承人；另一個是私生子。公爵對兩個兒子都很疼愛。

故事先中斷一下，穿插一段台灣二〇二一年才通過的「通姦除罪」。

通姦除罪化的論述有很多面向，其中之一就是不要讓非婚生子女一出生，就成為通姦的犯罪證據，也是侵害配偶權的證據。

沒有性行為怎會生小孩？（也有人為了脫罪，瞎編說是人工受孕，沒有性行為，不算通姦。）

有些男人願意或者不得已，會辦理認領，他們有認領的過程要面對。有些父親不願認領，對孩子也是二次傷害。

有些要求親子鑒定的，大部分都是十歲以下的小孩，有時候會強制要求把小孩交出來，有些外遇小三為了保護小孩只好認罪。

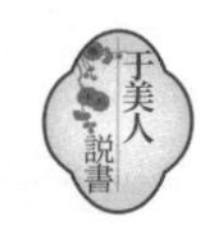

我無意跟大家辯論通姦罪的議題，而是提醒大家這樣的孩子要照顧好，孩子的性格養成不容忽視。

回到我們的故事。

公爵的私生子，長相、能力都不差。

可是他一出生就注定無緣繼承爵位，看著哥哥活在陽光底下，他站的地方也有陽光，但照不亮他的臉。

他內心扭曲不平衡，認為他是在天性熱烈的偷情裡生下的孩子，竟不及擁著一個毫無歡趣的老婆，在半睡半醒之間製造出來的那一批蠢貨？

他用邪魔歪道為自己求公道，挑撥離間加上苦肉計，讓父親厭棄大哥，並追捕大兒子。然後，他繼承了父親的爵位和所有財產。

大兒子裝瘋離家避禍，隱姓埋名，四處乞討過生活。

公爵後來要去接濟李爾王，被私生子和李爾王的二公主把他的眼睛挖掉。

兩個可憐的老人，一個是瞎了的公爵、一個是瘋了的李爾王，和化身乞丐的大兒子相遇了。大兒子陪在公爵身邊卻不敢相認，一行人在荒野中四處逃亡。

公爵失去雙眼後十分後悔，他遭心愛的私生子背叛，又錯怪自己的親生兒子。

自覺人生無望，死意甚堅，想要走上懸崖跳下去。

乞丐兒子假意帶他從土台跳下去，並與他相認。老公爵無法承受與親生兒子相認的激動。

人總是要在不可挽回的時候才會真正後悔，老公爵用看不見的眼睛看著兒子，緩緩地張了張嘴，在悲喜交加中死去。

大兒子也悲痛萬分，生離尚有可會之期，死別卻再無重逢之時了。與父親從此永別。

掌握權力和財富的人，總是相信自己最大，一切都在自己的掌控中，我命由我不由天。

是嗎？

不信抬頭看，蒼天饒過誰？

嬤帶孫，好孩子都是別人家的

你是阿公阿嬤帶大的孩子嗎？

成長歲月中，有些父母缺席的孩子，幸虧有阿公阿嬤不離不棄，才能在親情的保護下，平安長大。

台灣隔代教養的「祖孫家庭」，這二十年來上升一倍。阿公阿嬤竟成為穩定台灣社會的重要力量。

今天我們要說的，是一千七百年前的一個阿嬤的故事。

西晉李密的〈陳情表〉，是文學史上抒情文的代表作之一。讀〈陳情表〉不哭者，其人曰不孝。

補習班升學壓力大，學生很難有共鳴，幾乎沒有人哭。

印象中只有一次在嘉義補習班，有個學生下課後爆哭，我問她哭點在哪裡？

她啜泣說：「古代醫療條件那麼差，為什麼李密的祖母可以活到九十六歲？我的阿嬤卻來不及看到我考上大學？」

是啊，做阿公阿嬤注定是一樁賠本的買賣，想等回報，時間也不一定允許。很多阿嬤帶大的孩子，遺憾也在這裡。

李密出生的時候是三國時期蜀漢的人，年少時就以孝行聞名鄉里，他也在蜀漢當過官。

後來國家滅亡，新的朝代是西晉，晉武帝下詔書徵召李密入朝做太子的侍從官。李密因為要侍奉祖母，拒絕入仕。但皇帝不罷休，再三催請，他只好上表陳情。他這篇文章不好寫，不能讓新皇帝懷疑他仍忠於蜀漢，不肯事二主。所以李密要解釋清楚，他辭不赴命的原因是「願乞終養」，乞求皇上成全他終養祖母的心願。

首先，李密把皇帝能想得到的替代方案通通堵死！

晉武帝：「為什麼非得你照顧祖母？你父母呢？」

臣密言：「我出生六個月我爸就死了，長到四歲時……我媽改嫁了，所以無父無母。依靠祖母劉氏的憐惜，憫臣孤弱，躬親撫養成人。」

晉武帝：「那你家沒有叔叔伯伯？沒有兄弟可以幫忙？」

臣密言：「歹勢，既無叔伯，終鮮兄弟，叔伯兄弟攏嘸。」

晉武帝：「你總有親戚吧？」

臣密言：「報告，我家連勉強算是親戚的人都沒有啊！」

晉武帝：「難道沒有忠心可靠的僕人？」

臣密言：「我太窮了，連有人按門鈴，幫忙開門的童僕都沒有。」

臣密言：「皇上啊，我祖母身邊真的沒有人，就靠我照顧，臣侍湯藥，未曾廢離。」

接下來李密用數學說服晉武帝。

「陛下，我今年四十四歲。我祖母九十六歲，她已經是日薄西山、氣息奄奄、性命危淺、朝不慮夕的人了。我能為她盡孝的時間不多，但能為您盡忠的日子還長著，不是嗎？

求您體諒，臣無祖母，無以至今日；祖母無臣，無以終餘年。我和她祖孫二人，相依為命的時間真的不多了啊！」

晉武帝讀到這裡就很感動了，還賜下兩個奴婢幫忙照顧。所有費用，地方首長負擔。長照三．〇！

PS：此文一下筆就想起自己的外婆，費了不少衛生紙，所以我改用輕鬆一點的語調寫。李密的故事未完待續。

延伸閱讀

〈陳情表〉節錄 ◉ 晉．李密

臣密言：臣以險釁[1]，夙遭閔凶[2]。生孩六月，慈父見背[3]；行年四歲，舅奪母志[4]。祖母劉愍臣孤弱，躬親撫養。臣少多疾病，九歲不行，零丁孤苦，至於成立。既無伯叔，終鮮[5]兄弟，門衰祚薄[6]，晚有兒息。外無期功強近之親[7]，內無應門五尺之僮，煢煢孑立[8]，形影相弔[9]。而劉夙嬰[10]疾病，常在床蓐，臣侍湯藥，未曾廢離。

註釋

1. 險釁：釁讀音同信，禍兆。險釁指命運惡劣。2. 夙遭閔凶：夙，早年、幼年；閔，憂患。3. 見背：父母或長輩去世。4. 舅奪母志：舅舅強迫母親改變守節的心意，此為母親改嫁的委婉說法。5. 鮮：讀音同險，少或盡的意思，這裡指沒有、無。6. 門衰祚薄：門庭衰微、福分淺薄。7. 外無期功強近之親：期功為古代喪服的名稱，期服喪一年，功服喪五個月至九個月。全句意為外面沒有勉強算得上親近的親屬。8. 煢煢孑立：煢讀音同窮，孤獨無依貌；孑立，孤身一人。9. 形影相弔：弔，慰問。全句意為只有自己的身子和影子互相安慰。10. 夙嬰：嬰，纏或絆。意為祖母早已疾病纏身。

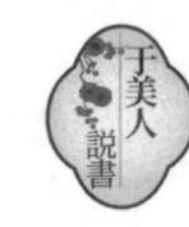

朝中有人好做事，朝中無人莫做官

有人說李密寫〈陳情表〉是真心要照顧祖母嗎？或者，只是推辭晉朝皇帝徵召的理由？

我不妨多說一點他和祖母的感情，各位自己判斷。

李密四歲那年，因為雙親都離開了，他思念父母成疾，生了一場大病。這場病讓李密一直到九歲都沒有辦法走路，全靠祖母抱上抱下，拉拔長大。

一個終日癱在床上的孩子，祖母就是他的天。祖母從早到晚忙進忙出，全身都是煙火氣，但若是沒有這個充滿煙火氣的懷抱，李密的天也就塌了。

俗話說：「富不丟豬，窮不丟書。」讀書是窮人翻身的機會。

李密雖然從小境遇不佳，但他十分好學，博覽群書，才思敏捷而有辯才。因此被延攬做官並不意外，他也才有薪水奉養祖母。

祖母九十七歲過世後，李密為祖母守孝兩年。

等到孝期過後，他才出來做官。但這時候，晉武帝政權已經穩定，不急著拉攏這個頗有孝名的蜀漢舊臣。因此，李密一直在地方當官。他當然也想升入朝廷中樞做官，但他苦於朝中無援，未能如願。

有一天，晉武帝為他舉辦送行宴會，李密卻因為一首詩得罪晉武帝而遭到罷官。最後回歸故里，六十四歲時在家中病逝。

那首惹怒皇帝的詩，就是〈賜餞東堂詔令賦詩〉：

人亦有言，有因有緣。
官無中人，不如歸田。
明明在上，斯語豈然。

濃縮成一句話，就是「朝中無人莫做官」。李密這句話是不是太直白了，中央要有人罩你，才能升官，才能保你官運亨通！

這個道理不只官場適用，職場也適用。

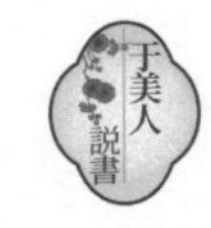

PS：李密生了六個兒子，號曰「六龍」，個個成材，人中龍鳳。懂得感恩報恩的人，將生生不息！

延伸閱讀

〈陳情表〉節錄◉晉．李密

伏惟聖朝以孝治天下，凡在故老，猶蒙矜育[1]，況臣孤苦，特為尤甚。且臣少仕偽朝[2]，歷職郎署，本圖宦達，不矜名節。今臣亡國賤俘，至微至陋，過蒙拔擢，寵命優渥，豈敢盤桓[3]，有所希冀！但以劉日薄西山，氣息奄奄，人命危淺，朝不慮夕。臣無祖母，無以至今日；祖母無臣，無以終餘年。母孫二人，更相為命，是以區區[4]不能廢遠。

臣密今年四十有四，祖母今年九十有六，是臣盡節於陛下之日長，報劉之日短也。烏鳥私情[5]，願乞終養。臣之辛苦，非獨蜀之人士及二州牧伯所見明知，皇天后土，實所共鑒。願陛下矜愍愚誠，聽臣微志，庶劉僥倖，保卒餘年[6]。臣生當隕首，死當結草[7]。臣不勝犬馬怖懼之情[8]，謹拜表以聞[9]。

註釋

1.凡在故老，猶蒙矜育：年老而德高的舊臣，都還蒙受朝廷的撫恤。2.偽朝：指前朝蜀漢，李密曾任蜀漢官員。3.盤桓：觀望不前。4.區區：微小，指自己。5.烏鳥私情：烏鴉反哺之情。6.庶劉僥幸，保卒餘年：庶，希望。這兩句意思是，希望祖母劉氏能夠幸運地安度餘年。7.生當隕首，死當結草：活著時當捨命盡忠，死後必報答皇恩。8.犬馬怖懼之情：以犬馬自比，意思是像犬馬一樣誠惶誠恐地服侍。9.拜表以聞：奏表的結束語，意思是恭敬上呈表章，希望下情上達天聽，聖上能知道與理解。

靠譜的韓愈，撐起了家族血脈

唐朝韓愈寫的〈祭十二郎文〉，是祭文中的千年絕調！古文三大抒情文之一。這篇遲遲不能動筆，是因為有太多文化背景要說明，否則無法深刻感受韓愈邊哭邊寫，字字是血、句句是淚的悲痛。希望各位有點耐心，聽我慢慢說。

我們對初次合作的人通常會問一句話：「這個人靠不靠譜？」

請問靠的是什麼譜？不是五線譜，而是家譜、族譜。

所謂凡國必有史，有家必有譜。家譜不僅是血脈傳承的記錄，同時也記錄著家範家訓，成為傳家寶（不是傳花瓶喔）。

如果有人違背家訓，作姦犯科，或壞事做絕的人是不准被寫進家譜的。在古代被逐出家譜是很嚴厲的懲罰。這種人就是不靠譜，社會大眾不願與之交往。

每一個姓氏祠堂都有一本家譜，每三十年要修一次家譜，再落魄的家族六十年也要修一次，否則是不孝。

通常是五世一圖，就是每五輩畫一張。資料記載詳細，如果族人有搬到外縣市的，還要派人去查訪，非常慎重。

每一房若有子孫可以傳承血脈，就畫紅線，如果無子承嗣斷脈就畫藍線。通常藍線一畫下去，當晚祠堂就會傳出鬼哭神號的聲音，因為祖先擔心從此倒房，無人祭拜。

此時，會由族長召開公聽會，討論如何過繼，避免血脈中斷！

通常是從同姓兄弟之間挑選，如果要從外姓過繼，則要加雙姓。還有其他不得已的變通過繼方法，不一一列舉（有位名人叫張廖萬堅，就是兩個姓）。

因為改朝換代再加上戰亂頻仍，很多家譜都失傳了。唯有一本「通天譜」（這一姓氏全世界只有一種家譜，會循環使用統一的字輩）保存完整，就是《孔子世家譜》，還曾得到金氏世界紀錄的認證。

現在幫小孩取名字，還有照輩分排字嗎？或者同輩中使用同一部首的字？韓家三兄弟，韓會、韓介和韓愈，名字都有部分字形相同。

韓愈大哥大嫂無子，所以過繼了二哥的兒子韓老成為嗣子（沒錯，他的名字就叫韓老成，在族中排行十二，故稱十二郎）。

韓愈三歲而孤（父母皆過世），由大哥大嫂撫養，和十二郎一起長大。兩人只相差兩歲，所以輩分是叔姪，但情同手足。

大哥二哥相繼去世後，同輩只剩韓愈，姪子輩只剩十二郎。想不到十二郎又早亡，留下一子又年幼。哎，也不知道能不能養大。

韓家這一支血脈在紅線藍線中飄盪……

PS：有關修家譜的說法，我參考了南懷瑾老師的《論語別裁》下冊。至於靠譜，現在被引申為「可靠，值得相信和託付」。

延伸閱讀

〈祭十二郎文〉節錄◉唐・韓愈

嗚呼！吾少孤，及長，不省所怙[1]，惟兄嫂是依。中年，兄歿南方，吾與汝俱幼，從嫂歸葬河陽。既又與汝就食江南[2]，零丁孤苦，未嘗一日相離也。吾上有三兄，皆不幸早世。承先人後者，在孫惟汝，在子惟吾，兩世一身[3]，形單影隻。嫂嘗撫汝指吾而言曰：「韓氏兩世，惟此而已！」汝時尤小，當不復記憶；吾時雖能記憶，亦未知其言之悲也。

〔……〕

去年，孟東野往[4]，吾書與汝曰：「吾年未四十，而視茫茫，而髮蒼蒼，而齒牙動搖。念諸父與諸兄，皆康強而早世，如吾之衰者，其能久存乎？吾不可去，汝不肯來；恐旦暮死，而汝抱無涯之戚[5]也。」孰謂[6]少者歿而長者存，強者夭而病者全乎？

註釋

1.不省所怙：怙，倚靠，父親的代稱。指不知道父親是什麼樣子。2.就食江南：唐德宗年間因中原動盪，韓愈隨嫂避居宣州生活。3.兩世一身：子輩和孫輩都只有一個男丁。4.孟東野往：孟郊，字東野，大韓愈十七歲，兩人是忘年交。這裡是說孟郊到韓愈姪子那裡。5.無涯之戚：無窮無盡的悲傷。6.孰謂：誰能料到。

從否認到接受，滿紙傷心淚的一篇祭文

當年教〈祭十二郎文〉時，很多學生只記得形容未老先衰的這四句：「吾年未四十，而視茫茫，而髮蒼蒼，而齒牙動搖。」

還有最後一句：「嗚呼哀哉！尚饗！」快來享用祭品。

比較頑皮的同學招呼吃飯時，還會大聲叫：尚饗！

少年不識愁滋味，誰能知曉往後人生真的有比悲傷更悲傷的日子。

古代很多議論文章，以今觀之，意義不大。但是，到今天還在被廣泛閱讀的古文，大都是因為豐富的感情和生命力量，碰觸到人性的情感核心。

人在面對無法承受的巨大傷痛時會經過五個歷程，而這五個歷程不是按順序走完，它們會翻來覆去好幾回，有人甚至走不過去。

現在，我們試著和韓愈共感一次，用這五個歷程來閱讀韓愈的哀痛。

他哀十二郎之早逝，哀自己未老先衰，哀家族之血脈將斷……

韓愈寫〈祭十二郎文〉的那一天，剛好是十二郎的頭七。

第一階段是否認：這種事不可能發生在我身上！「嗚呼！其信然邪？其夢邪？其傳之非其真邪？」

不可能！我不相信，這一定是夢！朋友傳來你的死訊，這一定不是真的。

第二階段是憤怒：為什麼會發生，開始怨天尤人。「所謂天者誠難測，而神者誠難明矣！所謂理者不可推，而壽者不可知矣！」

人世間還有天理神靈嗎？我哥哥這麼好的人，怎麼會絕後？你這麼善良的人，怎麼會短壽？

第三階段是討價還價：我願意交換什麼來避免不幸。「少者強者而夭歿，長者衰者而存全乎？」要死也是我先死，怎麼會是身體強健的你先走？

早知道我們暫別會成永別，給我再高的官位，我也不會離開你。

第四階段是沮喪：過度悲痛，什麼都做不了。「死而有知，其幾何離？其無知，悲不幾時！」我的身體越來越差，如果死後有知，那我們分離也不會太久；如果死後無知，那我的悲傷也不會太久。

第五階段是接受：事情就是發生了，我已經可以平靜面對。「汝病吾不知時，

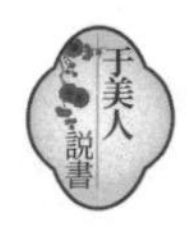

汝歿吾不知日。」你生病時我不知道，你去世的日子我也不知道，你入殮下葬我都不在，竟讓你孤單地走。天啊，我真是個不慈不孝的人啊！

我會把你的妻兒安頓好，自今以往，吾將無意於人世矣！

言語有盡，而哀痛無窮。十二郎，你現在在哪裡？我滿懷的哀傷，你是知道呢？還是不知道呢？

延伸閱讀

〈祭十二郎文〉節錄 ◉ 唐・韓愈

嗚呼！汝病吾不知時，汝歿吾不知日，生不能相養以共居，歿不得撫汝以盡哀，斂不憑其棺，窆[1]不臨其穴。吾行負神明[2]，而使汝夭；不孝不慈，而不得與汝相養以生，相守以死。一在天之涯，一在地之角，生而影不與吾形相依，死而魂不與吾夢相接。吾實為之，其又何尤[3]！彼蒼者天，曷其有極[4]！自今已往，吾其無意於人世矣！當求數頃之田於伊潁之上，以待餘年，教吾子與汝子，幸其成；長吾女與汝女，待其嫁，如此而已。

嗚呼，言有窮而情不可終，汝其知也邪？其不知也邪？嗚呼哀哉！尚饗[5]！

註釋

1.窆：讀音同扁，下葬。2.吾行負神明：我的所作所為辜負了神明。3.尤：怨恨、責怪。4.彼蒼者天，曷其有極：大啊，我的悲痛哪裡有盡頭呢？5.尚饗：尚，希望；饗，享用。

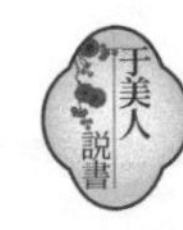

不管別人怎麼說，最懂我的是你

你兒時的朋友還有連絡嗎？

春秋時代有兩個人，名字分別叫做管仲和鮑叔牙。這兩人從小玩在一起，長大後又一起合夥做買賣，本錢是鮑叔牙出的，但獲利時，管仲要多分一些。

旁人為鮑叔牙抱不平，鮑叔牙回說：「管仲家境不好，有老母要奉養，多拿一些是應該的。」

兩人也曾經一同上戰場，但管仲表現很「俗辣」，總是躲在後面。大家對管仲很不滿，鮑叔牙又站出來維護：「管仲是獨子，母親年紀大了，他不能拚命，萬一有個三長兩短，母親就無人奉養。」

管仲好不容易找到工作，做了幾次小官，但都因為表現不好而被免職。大家都恥笑管仲，鮑叔牙又說話了：「管仲能力很強，只是運氣不好做小官，他是可以做大事的人。」

什麼樣的友情，才能不為流言所傷？

後來兩人各自投奔不同的政黨，最後是鮑叔牙的老闆贏得齊國的政權，史稱齊桓公。

管仲為了自己的老闆，還曾經對齊桓公射過箭。但箭術不好，沒中！

齊桓公掌權後要任用鮑叔牙為宰相，鮑叔牙竟然拒絕，還推薦一個人，誰？管仲！

齊桓公跳腳大罵：「這個人我恨不得殺他一百次！你推薦一根水管都比他強，真是氣死我了。」

齊桓公繼續罵：「別忘了他當初還想謀殺我，你還要我請他當宰相，是你瘋了，還是我瘋了……」

鮑叔牙要齊桓公冷靜下來聽他說：「管仲的老闆和您是競爭對手，所以他放暗箭只是各為其主，並不是對您個人有仇恨啊！用我，只能幫您治理好齊國，用管仲，您可以成就霸業。」

結局大家都知道了，齊桓公最後用了管仲當宰相，真的幫助齊桓公九合諸侯，一匡天下。

管仲果然是做大事的人！他說過一句名言：「生我者父母，知我者鮑子也。」

管仲後來病重，齊桓公問他：「我想請鮑叔牙回來接宰相的位置，可乎？」

管仲回答：「萬萬不可！他不適合。」

歷史上沒有交代鮑叔牙聽到後的反應，但我想他應該也會發出一樣的感嘆：「知我者，管仲也！」

有人會覺得管仲都要死了，應該拉拔朋友，回報友情。其實是管仲臨死前保護了鮑叔牙，因為他太了解齊桓公了。果然齊國後來政變，桓公被囚禁，沒水沒糧，活活餓死，死後屍體長蟲，蟲都爬出室外了才被發現。知賢、讓賢的鮑叔牙沒有捲入政爭，後來子孫滿堂，福祚綿延。

人生得一知己，夫復何求！

延伸閱讀

《史記．管晏列傳》節錄◉西漢．司馬遷

管仲曰：「吾始困時，嘗與鮑叔賈[1]，分財利多自與[2]；鮑叔不以我為貪，知我貧也。吾嘗為鮑叔謀事而更窮困，鮑叔不以我為愚，知時有利不利也。吾嘗三仕三見[3]逐於君，鮑叔不以我為不肖[4]，知我不遭時[5]也。吾嘗三戰三走，鮑叔不以我為怯，知我有老母也。公子糾[6]敗，召忽[7]死之，吾幽囚受辱，鮑叔不以我為無恥，知我不羞小節而恥功名不顯於天下也。生我者父母，知我者鮑子也！」

註釋

1.賈：讀音同古，經商做生意。2.多自與：自己多拿一些。3.見：被。4.不肖：不賢、無才能。5.不遭時：時運不濟，沒遇到好時機。6.公子糾：春秋齊國人姜糾，為齊桓公之兄，管仲輔佐之人。7.召忽：春秋齊國人，與管仲一同輔佐公子糾。

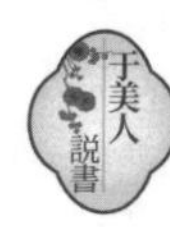

捨命之交，不是親兄弟勝過親兄弟

還記得，前面我們講過「管鮑之交」，現在加碼再來一篇「羊左之交」。

這是一個關於成全的故事，有登山經驗的人應該特別有感。

東周戰國時代，楚王招賢納士，廣發英雄帖。

有一個名叫左伯桃的人，人窮志不窮，勤勉苦讀，並自認有安邦濟世的才學。他聽到招賢消息後，就背起了行囊，告別家鄉父老，投奔楚王。

俗話說「在家靠父母，出外靠朋友」，他這一路從夏天走到冬天，靠自己！

這天風雨交加，左伯桃無處可躲，好不容易看到遠處竹林中有茅屋透出螢螢之光，他上前叩門，表明想借住一宿，明早就走。

屋主慌忙答禮，邀他入內。左伯桃見屋內只有一榻，半張榻上還堆滿書卷，想不到山村中還能遇到讀書人，心中甚喜。

屋主自我介紹：「我叫羊角哀，自幼父母雙亡，獨居在此，但恨家境貧寒，沒有像樣的東西款待你，還請多包涵。」

兩人相談甚歡，彼此傾慕，都認為對方是有大才的人。

左伯桃邀羊角哀結為兄弟，一起去楚國參加海選。羊角哀二話不說，立刻收拾路費、糧米，拋下茅屋，跟著大哥勇敢向前行。

不幸在經過梁山的半途中，遇到大風雪。兩個人的衣服和糧食都不夠，恐怕會一起死在山上。

兩人瑟瑟發抖，又飢又寒，終於找到一個樹洞可以藏身。左伯桃想把身上的衣服和糧食都交給羊角哀讓他自己去楚國，但羊角哀不肯，要活一起活，要死一起死！

「大哥，你等等，我去撿些柴火回來……」

羊角哀千辛萬苦回來時，一看到眼前的景象，枯柴從他的懷中一根一根地墜落……大哥，不要啊！

原來左伯桃脫光自己身上的衣服，已經凍死在樹洞中。

羊角哀只好將大哥草草掩蓋並做了記號，然後穿上大哥的衣服，含悲忍淚，孤身前行。

羊角哀到楚國後，果然受到賞識，被任命為上卿。

他立刻返回梁山，見左伯桃屍身尚在，羊角哀一拜一哭，再拜再哭，厚葬左伯桃。

後人以「羊左之交」比喻為生死患難的朋友。

左伯桃為什麼要死？因為人是他帶出來的，繼續往前兩個都得死。所以，他決定犧牲自己，保全羊角哀，成全兄弟之義、朋友之情！

這只是一種解讀，你也可以自由發揮。

PS：以上故事根據歷代典籍中源自《列士傳》的資料潤飾而成。之前看到柬國詐騙事件很難受，犯罪集團逼迫朋友騙朋友，一定也有不願拖朋友下水的人，但他會是什麼下場呢？

第八章

離別相思的詠歎調

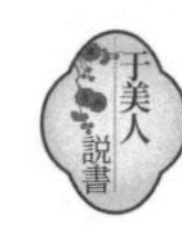

芳華易老，人生若只如初見

白居易的初戀是他的鄰居，女孩名叫湘靈，小他四歲，兩人算是青梅竹馬。白居易十九歲時許諾要娶她，未料母親以門第不當為由反對，白居易不敢反抗。

一直到他二十九歲中進士後，才鼓起勇氣再提要娶湘靈。當然，母親反對更堅決，因為如今白家出了一位進士，門第更高了。

白居易為了湘靈，到三十五歲還是單身。

最後母親以死相逼，白居易無奈只好答應結婚，娶了同僚的妹妹楊小姐。婚後三年，母親意外過世。

用情至深的人，往往弱水三千只取一瓢飲。一旦錯過了認定的那個人，任誰都不可以！又或者是曾經滄海，既然不是你了，那麼是誰都可以。

白居易的婚姻一開始也是磕磕碰碰的，不過他答應妻子會盡到做丈夫的責任。他也的確有做到。

他也寫詩給妻子，但那些詩比較像是流水帳和婦女守則。兩人關係如倒吃甘蔗，最後攜手到白頭。

白居易對天涯淪落的感觸特別深，他在潯陽江頭的船上，哭到衣服濕了一大片！我想其中有一半的眼淚，是為了湘靈流的。

因為就在他寫〈琵琶行〉之前，曾經在江州巧遇湘靈。少年離別老相逢，「君掃青蛾減舊容」，湘靈四十歲了，依然雲英未嫁。

白居易得知湘靈還是單身一人，心中百感交集，「我梳白髮添新恨」，對此如何不垂淚啊！

君已有婦，何敢再續前緣？兩人就此永別，別時茫茫江浸月。

這段感情讓白居易陷入一生的相思和惆悵，相逢何必曾相識！（參見「唯見江心秋月白的白居易」篇）

延伸閱讀

〈夜雨〉◉唐・白居易

我有所念人，隔在遠遠鄉[1]。
我有所感事，結在深深腸。
鄉遠去不得，無日不瞻望[2]。
腸深解不得，無夕不思量。
況此殘燈夜，獨宿在空堂。
秋天殊未曉[3]，風雨正蒼蒼。
不學頭陀[4]法，前心安可忘。

註釋

1. 遠遠鄉：遙遠的家鄉。2. 瞻望：遠望。3. 秋天殊未曉：秋天還沒有來。4. 頭陀：苦行僧。

愛情你比我想得閣較偉大

二〇二一年的金馬獎晚會上，茄子蛋樂團的演出嗨翻全場！

歌名就叫做〈愛情你比我想得閣較偉大〉，閣較二字有比較級「更加」的意思。

是啊！愛情真偉大！

問世間情為何物？直教生死相許。這兩句詞出自元好問。

元好問（一一九〇年～一二五七年）是鮮卑人，世稱遺山先生，是金元時期著名的文學家。

他從出生到四十四歲是金朝人，四十四歲到六十七歲是元朝人。

插播一段簡史：

一一一五年，金太祖完顏阿骨打，立國號為大金。

一一二三年，傳位金太宗完顏吳乞買。

一一二六年，金太宗擄北宋徽欽二帝，史稱「靖康之禍」。

一一二七年，滅北宋，隔長江南北對峙。金人把宋朝打敗，北宋亡變南宋，金人占據北方稱金朝。

一二三四年，蒙古鐵騎南下，金哀宗自殺，金末帝死於戰亂，金朝再見。

元好問少年聰慧，七歲能詩，人稱神童。金朝也舉辦科舉考試取才，元好問想做官就要走科舉之路。他十六歲開始考試，落第。

十九歲再考，名落孫山。二十三歲，不中。二十五歲，落榜。二十七歲，功名蹭蹬。三十二歲，終於及第！

此時國家已經衰敗，他仕宦不順，曾隱居十年，亂世苟活，兄死妻喪女早夭。

金亡後，元好問被俘，兩邊不討好。因為名氣大，元朝要他做官，他拒絕了。但他獨自編寫亡金歷史，立館講學，詩文享有盛名。

臨終時囑咐後人不要為他寫墓誌銘，墓碑上只要題七個字「詩人元好問之墓」，不落生死年月日，不寫朝代。

著名的〈雁丘詞〉，是他十六歲那年赴京趕考所寫。他在途中遇到捕雁人，手中捕獲一隻已死，另外一隻脫網卻不願飛走，在空中盤旋悲鳴，最後竟然撞地而死。元好問年少的心情被觸動，買下兩隻雁，將牠們合葬在一起，壘石作碑，名為「雁丘」。同時留下了這篇膾炙人口的作品。

問世間，情為何物？直教生死相許。
天南地北雙飛客，老翅幾回寒暑。
歡樂趣，離別苦，就中更有痴兒女。
君應有語：渺萬里層雲，千山暮雪，隻影向誰去？

——〈摸魚兒·雁丘詞〉上闋

古人說雁孤一世、鶴孤三年，而鵲鳥只守到頭七。有禽鳥專家可以幫忙求證嗎？諷刺的是古代求親六禮中的納采必須用到一隻活的大雁，因為大雁代表愛情忠貞，所以古時才有捕雁人這個職業。可憐大雁因為忠貞而死，鴛鴦在旁邊偷笑。

PS：鴛鴦是一夜情的代表。

延伸閱讀

〈摸魚兒・雁丘詞〉下闋◉元・元好問

橫汾路，寂寞當年簫鼓[1]，荒煙依舊平楚[2]。
招魂楚些[3]何嗟及[4]，山鬼自啼風雨。
天也妒，未信與，鶯兒燕子俱黃土[5]。
千秋萬古，為留待騷人[6]，狂歌痛飲，來訪雁丘處。

註釋

1.橫汾路，寂寞當年簫鼓：葬雁之地的橫汾路位於汾水岸，是昔日漢武帝巡幸處，想當年簫鼓合奏多熱鬧，今日多寂寥。2.平楚：楚，灌木。平楚是指從高處遠望，叢林樹梢齊平。3.招魂楚些：《楚辭．招魂》中多以「些」為句末助詞，因此以楚些為楚辭或招魂的代稱。4.何嗟及：悲嘆又能如何。5.天也妒……俱黃土：這三句的意思是上天也嫉妒大雁的深情，不相信殉情的大雁會像鶯兒燕子一樣化做黃土而被湮沒。6.騷人：詩人。

愛我別走，此去經年相思苦

柳永是宋朝最有名的流行音樂詞曲創作人。

不管是哪一種排行榜，他的〈雨霖鈴〉都被列入宋元時期十大名曲之一。「凡有井水飲處，即能歌柳詞」，只要有人聚集的地方，一定可以聽到有人唱柳永寫的歌。可見他的作品多麼受歡迎。

他寫的歌「點閱率」超過蘇東坡太多，搞得蘇東坡有些不服氣，但也不得不讚嘆柳永的詞有過人之處。

柳永本名柳三變，生卒年不詳，北宋人，過世的時候大概六十多歲。

他從福建到汴京參加科舉考試，沿途就不斷為歌妓創作，聲名遠播，連皇帝宋仁宗都喜歡聽他的歌。

第一次考試，他本以為定然魁甲登高第，可惜落榜了。

後來屢次參加科舉考試，屢次落榜。因為他為歌妓寫詞而被官場士大夫排擠，

又為落第秀才寫詞鳴不平，再得罪皇帝，原本上榜了，宋仁宗還故意讓他落榜。

一直到四十八歲那年，他改名應試。那年因為擴大錄取招才，他才終於考上進士，之後輾轉各地做低階公務員，收入不多，更苦無升遷機會。

柳永在仕途上的遭遇是坎坷不平的。失意之餘，他流連歌樓酒肆，生活費大都來自為歌妓寫詞的稿費收入。

柳永的詞傳世有二百一十三首，其中有一百六十首是為歌妓笛工而作。

柳永與一般的「狎客」不同，他只是寄情於聲妓，並非沉湎於酒色。他尊重歌妓、酒女的人格，不把她們當成玩弄對象，而是與她們結成風塵知己！

俗話說「俠女出風塵」，柳永晚景落魄，家無餘財，死後由歌妓們合資殮葬，而且年年有歌妓組團到墳前致哀，一直到宋室南遷才停止。

柳永寫離別，無人能出其右，〈雨霖鈴〉就是一首寫送別的慢詞。它不僅是柳永的代表作，也是宋詞的代表作。

寒蟬淒切，對長亭晚，驟雨初歇。
都門帳飲無緒，方留戀處，蘭舟催發。
執手相看淚眼，竟無語凝噎。

念去去千里煙波，暮靄沈沈楚天濶。
多情自古傷離別，更那堪、冷落清秋節。
今宵酒醒何處？楊柳岸、曉風殘月！
此去經年，應是良辰好景虛設。
便縱有千種風情，更與何人說？

〈雨霖鈴〉是詞牌名，據說是柳永拿唐朝舊曲翻制。原曲是安史之亂唐玄宗避難四川時，於棧道雨中聞鈴聲，想起楊貴妃，作此曲以寄哀思。（未完待續）

長亭送別，點點是離人淚

離別產生距離，而距離有兩種。一種是物理上的距離，距離多遠？車程多久？可以計算。一種是心理上的距離，天涯咫尺。

距離產生思念，但現代科技進步，手機視訊打開，立即滿足。它讓人思念無處可安放。

柳永官職卑微，經常調派各地。所以，他寫羈旅行役之詞特別深刻。〈雨霖鈴〉這首詞是柳永與一位戀人的惜別之作。他們不是分手是分開，不是訣別是暫別。

全篇寫這對戀人餞行時難分難捨的離別之情。

寒蟬淒切：「孟秋之月，寒蟬鳴。」秋蟬哀啼，點出季節是秋天。

對長亭晚：古時五里一短亭、十里一長亭，送得夠遠了，天都快黑了。

驟雨初歇：驟雨滂沱之後，雨停淚不停。

都門帳飲無緒：離別的情景浮在眼前，雖然一切攏是環境來造成，對你的感情也是沒變……（〈惜別的海岸〉）

酒若入喉，痛入心肝。（〈酒後的心聲〉）

方留戀處，蘭舟催發：無情的喇叭聲音，聲聲彈。月台邊，依依難捨心所愛的人……（〈車站〉）

執手相看淚眼，竟無語凝噎：再會不知等何時？惦在阮身邊，難分難離珠淚滴……（〈惜別夜港邊〉）

千言萬語說不出口，繫我一生心，負你千行淚。

念去去千里煙波，暮靄沉沉楚天闊：楚天在南，離汴京千里遠，此時寬濶的江面上，煙波、暮靄沉沉，一層暗過一層，像我的思念一樣，無邊無際。

多情自古傷離別：傷離惜別，自古皆然。我知道我不是唯一的那個人。

更那堪冷落清秋節：但是，為何要在這麼冷落淒涼的秋天和你分別呢？

今宵酒醒何處？楊柳岸、曉風殘月：想到我的船再次靠岸時，也是我酒醒夢回時，大概只見風吹疏柳，殘月高掛。

此去經年，應是良辰好景虛設：別後年復一年，再好的風景也形同虛設，良辰失去意義。

跨年夜的煙火也不見璀燦，只見煙霧。你不在我身邊，我的世界沒了顏色。**便縱有千種風情，更與何人說？**這句就不翻譯了，柳永用疑問句作結，留給讀者無窮想像，耐人尋味。

曾經有人問：「古人寫詞為什麼不直接說重點，要先寫一堆江山風月？」詩詞之美，就在這江山風月之外有一種不得已的心情，就是這種不可言說的心情，讓我們和詩人產生心靈的碰撞啊！

要經過一些歲月才能明白，有時只是尋常說再見，最後是今生再見無期。再見，變成再也不見。

傳奇，就從遇見你開始寫起

還記得華語流行歌曲〈傳奇〉的歌詞嗎？

只是因為在人群中多看了你一眼
再也沒能忘掉你容顏
夢想著偶然能有一天再相見
從此我開始孤單思念……

唐朝也有一個類似的故事。

男主角叫做崔護，唐德宗年代的人，大約在西元八四〇年前後。他的那一場桃花傳奇距今已超過千年，留下了一首七言絕句〈題都城南莊〉，一詩定詩名。後人每當桃花灼灼、桃花紅似火的季節，就會想起這首詩。

去年今日此門中，
人面桃花相映紅。
人面不知何處去，
桃花依舊笑春風。

這個故事在《本事詩》及《太平廣記》都有記載。

【故事一：尋春豔遇】

時間：去年的今天

地點：長安城南

崔護在長安終日埋首苦讀，準備科舉考試。忍不住戶外春光明媚，放下書本，出門尋春。

春日微風，輕輕吹送，崔護忘路之遠近，正覺口渴，忽逢一農莊，他叩門求飲，想討一杯水喝。

門開了，一個少女走了出來，兩人對視，一眼千年！

女孩用手勢邀請崔護進院子坐著喝，她自己則倚在院子裡的桃樹下站著。

滿開的桃花映襯著少女光彩照人的面容，讓崔護目注神馳，情搖意奪。

俗話說「有情飲水飽」，崔護將手中茶水一飲而盡，起身致謝時和少女的眼神第一次相對。此時，兩人眼神脈脈含情，突然一陣桃花舞春風，吹散了頭髮，吹不散綿綿情意……

崔護不敢多留，快速離去。（未完待續）

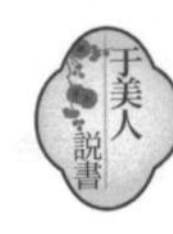

一眼千年，幸沒有誤終身

崔護人走遠了，但心沒走。

門前相送的少女，滿眼不捨地看著崔護離去的背影，人散曲未終。

【故事二：重尋不遇】

崔護為了考試求功名，不敢心有旁騖，桃花林中的不期而遇只能隨流光而逝。又到了春光爛漫的季節，是想起，或者是從未忘記那張桃花相映的容顏頻頻入夢，崔護復往尋之。

他又回到少女的家門前，門牆如故，但大門已上鎖，看來今天是見不到人了。崔護無奈失望之餘，在左邊門扉上題詩，就是前篇介紹的〈題都城南莊〉。

回憶總是特別美好，因為有那個美好的記憶，才會對失去感到悵惘。

桃花依舊笑春風！今年的桃花依舊在春風中飛舞。

人面不知何處去？但去年見到的那個美麗的女孩去了哪裡呢？

一般解詩講到「題詩於左扉」，這個故事就畫上句點了。

我總希望「有情人能終成眷屬」，所以補全了故事的後半部。

話說崔護見不到人，頹然而歸。過了幾天，崔護忍不住，再次尋訪。

這次大門沒上鎖，他敲開門，見一個老頭滿臉淚痕，嚎啕不已。崔護說明來意，老頭悲摧怒吼道：「原來你就是崔護，你，你，哎呀，我的女兒絳娘被你害死了呀！」

原來，那年清明節相遇之後，絳娘對崔護情有獨鍾，花嫁之年的姑娘任誰來說媒也不答應，一心只等待崔護。

無奈崔護一去不回，絳娘那天剛好去親戚家，回來看到崔護的題詩，後悔不已，以為就此錯過了這段姻緣。

一年的等待，等來一場空笑夢。絳娘從此茶飯不思，紗帳重重，日夜昏沉，全身力氣都被抽空了，不過幾日就倒下了。

崔護聽罷，立即奔進內室一把抱住絳娘，聲聲呼喚：「對不起，我來晚了，對不起……」

崔護淚如雨下，懊悔不已。一滴淚水落在絳娘臉上，絳娘竟慢慢睜開眼睛。幸好絳娘只是虛脫昏迷，並未死去。這滴情人的眼淚多麼珍貴啊！

面對如此痴情的女子，崔護深受感動，在絳娘康復後，三媒六聘與之結成一段良緣。

婚後不久，崔護得中進士，出門為官，絳娘終生相伴。

延伸閱讀

《本事詩・情感》節錄◉唐・孟棨

博陵崔護，姿質甚美，而孤潔寡合。舉進士下第[1]。清明日，獨遊都城南，得居人莊，一畝之宮[2]，而花木叢萃，寂若無人。扣門久之，有女子自門隙窺之，問曰：「誰耶？」以姓字對，曰：「尋春獨行，酒渴求飲。」女入，以杯水至，開門設床[3]命坐，獨倚小桃斜柯[4]佇立，而意屬殊厚，妖姿媚態，綽有餘妍[5]。崔以言挑之，不對，目注者久之。崔辭去，送至門，如不勝情而入[6]。崔亦眷盼而歸，嗣後絕不復至。及來歲清明日，忽思之，情不可抑，徑[7]往尋之。門牆如故，而已鎖扃[8]之。因題詩於左扉曰：「去年今日此門中，人面桃花相映紅。人面只今何處去，桃花依舊笑春風。」

註釋

1.下第：落第。2.一畝之宮：宮，牆垣。一畝之宮是指住家約有一畝大小，形容住屋狹小。3.床：坐榻。4.斜柯：橫生的樹枝。5.餘妍：無限嬌美。6.如不勝情而入：似乎不能忍受離別之情，返身回屋子裡去了。7.徑：直接。8.扃：音ㄐㄩㄥ，關閉。

第九章

扯天扯地都是故事

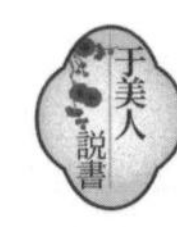

道可道非常道，不懂其實很正常

我高職畢業後，補習一年，考上輔大英文系夜間部。

大一國文是位「老」教授上課，真的有年紀喔。

老師第一堂課就酸我們，說道：「怎麼整間教室都是土味呀！」同學面面相覷，不知其意。只有我笑出來，哇，這個厲害。我竟然秒懂。老師在笑我們是大一新鮮人，新鮮喔，剛出土的。

老師開始上課十分鐘後，我不知不覺正襟危坐起來。過去一年是為了考大學讀國文，現在聽大學教授講國文，真的不是同一個境界。

後來重考大學日間部時，我就決定讀中文系了。

這位影響我的老師，就是劉光義教授。他是研究范仲淹的專家，可惜還沒上到那兒，我就轉學了。

大師級的老師有一個特點「不問不答」，但只要肯問，老師「有問必詳答」。

曾問過老師，老子的《道德經》要讀什麼版本？

老師說版本先不論，要知道春秋戰國諸子百家的著作，當時都不是寫給一般人看的，是寫給治國者看的。所以，「道」是聖人之道，「德」是聖人之德。

「聖人」不是指神聖的人，「聖人」是指治理國家的人。

所以老子、孔子、孟子、韓非子等人的著作，都是國君參考書，只是出版公司不一樣，有南一、翰林……康軒版。

老師要我站在治國者的位置來看《道德經》，才能有體會。

因為老子相信有一個超越人的主宰力量，有人稱它為宇宙意志，老子把它稱為「道」。所以「道可道，非常道」，道──是說不清也講不明的。

它是一種運行的規則，國君若能掌握，就能好好治國，造福百姓。所以，老子是從「天之道」提示國君要行「聖人之道」。

講到這裡還沒暈的你們，好棒棒！

什麼是「天之道」？就是「天知道」！

有玩過手遊的朋友都知道，任何一款遊戲都有它的遊戲規則。

常言道：「人生如戲。」人生如果也是一場遊戲，你知道人生的遊戲規則嗎？你幾歲才知道？還是你認為你的人生規則，自己可以決定？

所以，不妨把《道德經》當成人生遊戲規則指南來看。「飄風不終朝，驟雨不終日」，每天噴口水罵人是不能持久的啦！這就是規則。再例如這句：「功成名遂身退，天之道。」翻成白話文就是上台靠機會，下台靠智慧。不退就會成為箭靶，你就會進退兩難。

你體會到的人生規則是什麼？

PS：歷代文人皓首窮經都不敢說讀通的《道德經》，我豈敢造次。看書的角度不同，理解也會不同，不可只信一家之言。我只是分享老師當年所教的觀點，希望有幫到你。

延伸閱讀

《道德經．第二十三章》◉春秋．老子

希言自然[1]。故飄風不終朝，驟雨不終日[2]。孰為此者？[3]天地。天地尚不能久，而況於人乎？故從事於道者同於道，德者同於德，失者同於失[4]。同於道者，道亦樂得之[5]；同於德者，德亦樂得之；同於失者，失亦樂得之。

註釋

1. 希言自然：希言是指少言或無言，自然是指天地。全句意思是天地的所有作為都是不言自明的。
2. 飄風不終朝，驟雨不終日：飄風為強風，驟雨為暴雨。這兩句意為強風暴雨不會持續一整天。
3. 孰為此者：是誰造成這種現象的呢？4. 道者同於道……失者同於失：意思是追求什麼就會成為什麼，追求道就會離道越近，追求德的人品德會日益崇高，而不追求道與德的人會失道失德。5. 同於道者，道亦樂得之：追求道的人，道也會願意親近他。

虎姑婆來了，姑且聽個「唬」故事

話說清朝有一個人叫做黃之雋，科舉考試不順，五十三歲才中舉考上進士，他蒐集很多鄉野傳奇，所著的〈虎媼（ㄠˇ）傳〉比格林童話收錄的小紅帽故事還早。

〈虎媼傳〉講述的是，安徽一帶一隻年老母虎扮成外婆害人的故事。一對姊弟帶著一筐棗，要去探望外祖母。走著走著，天越來越黑，日暮迷途，遇到老虎假扮的外婆，經過一番「唬弄確認」後，姊弟倆就跟著外婆回去。

虎媼曰：「兩兒誰肥，肥者枕我而撫於懷。」虎婆婆說誰胖，我就抱誰睡。弟弟說我比較肥，於是虎婆婆就抱著他睡。

小姊姊只好睡在婆婆腳邊。睡到夜半，姊姊聽到吃東西的聲音，發現弟弟被吃了，心裡害怕死了。

她冷靜地假裝要去上廁所，然後躲到樹上等到天亮。剛好有樵夫經過救了她，但讓她把衣服留在樹上，假裝她還躲在那裡。

結局就是，虎媼等天亮後去找其他兩隻年輕力壯的老虎來抓小姊姊，想不到樹上只見衣服不見人。年輕老虎懷疑虎媼自己吃飽了，根本就是「唬」人，喔！不，應該是「唬」虎，一怒之下殺虎媼而去。

〈虎媼傳〉是不是很像小紅帽的故事，一隻是虎婆婆，一隻是大野狼婆婆。

這種故事幾乎各民族都有，大同小異。台灣也有虎姑婆的版本。

因為每個媽媽都會擔心孩子太單純會被騙，想試著放手，讓孩子學會獨立。

外婆、母親、小女孩，故事一代傳一代。

所以能夠平安穿過森林，彷彿變成了每一個小女孩的成年禮。

有人說每個民族的智慧，都是祖先被騙的經驗。總歸一句話：「害人之心不可有，防人之心不可無。」

延伸閱讀

〈虎媼傳〉◉清・黃之雋

歙[1]居萬山中，多虎，其老而牝[2]者，或為人以害人。有山甿[3]，使其女攜一

筐棗，問遺其外母[4]。外母家去六里所，其稚弟從，年皆十餘，雙雙而往。日暮迷道，遇一嫗[5]問曰：「若安往？」曰：「將謁外祖母家也。」嫗曰：「吾是矣。」

二孺子曰：「兒憶母言，母面有黑子七，婆不類也。」曰：「然。適簸糠蒙於塵[6]，我將沐之。」遂往澗邊拾螺者七，傅[7]於面。走謂二孺子曰：「見黑子乎？」信之，從嫗行。自黑林穿窄徑入，至一室如穴。

嫗曰：「而公方鳩工擇木[8]，別構為堂，今暫棲於此，不期兩兒來，老人多慢也。」

草具夕餐[9]。餐已，命之寢，嫗曰：「兩兒誰肥，肥者枕我而撫於懷。」

弟曰：「余肥。」遂枕嫗而寢，女寢於足，既寢，女覺其體有毛，曰：「何也？」

嫗曰：「而公敝羊裘也，天寒，衣以寢耳。」

夜半，聞食聲，女曰：「何也？」嫗曰：「食汝棗脯也，夜寒而永，吾年老不忍飢。」

曰：「兒亦飢。」與一棗，則冷然人指也。女大駭，起曰：「兒如廁。」

嫗曰：「山深多虎，恐遭虎口，慎勿起。」

女曰：「婆以大繩繫兒足，有急則曳以歸[10]。」

嫗諾，遂繩其足，而操其末，女遂起，曳繩走，月下視之，則腸也。急解去，緣樹上避之。

嫗俟[11]久，呼女不應，又呼曰：「兒來聽老人言，毋使寒風中膚，明日以病歸，而母謂我不善顧爾也。」遂曳其腸，腸至而女不至。

嫗哭而起，走且呼，彷彿見女樹上，呼之下，不應。嫗恐之曰：「樹上有虎。」女曰：「樹上勝席上也，爾真虎也，忍啖吾弟乎！」嫗大怒去。

無何[12]，曙，有荷擔過者，女號曰：「救我，有虎！」擔者乃蒙其衣於樹，而載之疾走去。俄而嫗率二虎來，指樹上曰：「人也。」二虎折樹，則衣也，以嫗為欺已，怒，共咋[13]殺嫗而去。

註釋

1.歙：安徽歙縣。2.牝：讀音同聘，雌性動物。3.山甿：甿讀音同蒙，農民。山甿即山民。4.問遺其外母：遺讀音同位，問遺即饋贈；外母即外婆。5.嫗：老婦人。6.簸糠蒙於塵：簸糠，揚米去糠。全句意思是，黑痣被糠秕、灰塵遮住了。7.傅：貼附。8.公方鳩工擇木：外公正在召集工人、選擇木料。9.草具夕餐：簡單地準備了晚餐。10.有急則曳以歸：危急時就把我拉回來。11.俟：讀音同似，等待。12.無何：沒有多久、不久。13.咋：讀音同炸，囓咬。

猜猜，孔子會不會領五倍券？

我不知道！我們先聽兩段故事。

孔子有一個學生叫子貢，他的身分證後五碼很好記：08957（賃爸就有錢）。是的，子貢很有錢。

另一個學生是子路，聰明又衝動，對孔子最忠心。

【故事一】

當時魯國有一條法律，只要能先付錢贖回在其他諸侯國遇難當奴隸的魯國同胞，回來後可以向政府領取補償金。

子貢贖回一個魯國人，但他不願領賞金，他要好人做到底。

孔子知道這件事情後，不僅沒有讚美子貢，反而還罵他。

【故事二】

子路看到路邊有人溺水，二話不說，立刻跳下去救人。

被救上來的人對子路千恩萬謝，一定要送子路一頭牛答謝。

子路不客氣收下了。

孔子聽到這件事後表示欣賞，給子路按讚、留言、加分享！

孔子偏心嗎？不可能，他老人家有教無類啊！

孔子認為子貢救人不領賞金，是不對的。

取其金則無損於行。領取補償金，不會損害子貢的品行。

不取其金則不復贖人矣。子貢不肯拿回抵付的錢，反而會讓大家因為不好意思領補償金，而不再救贖流落在外的魯國人。

孔子讚美子路是因為「魯人必拯溺者矣」，意思是從此魯國人一定會勇於救助溺水者。

孔子認為：子貢的道德標準高到只有少數人能達到，反而讓大家失去追求的勇氣。而子路立下行善會獲得獎勵的範例，會鼓勵人行善。

孔子會不會領五倍券？我真的不知道！

PS：故事典故來自「子貢贖人」和「子路受牛」。

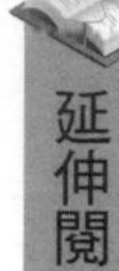

延伸閱讀

《呂氏春秋．察微》◉戰國．呂不韋

魯國之法，魯人為人臣妾[1]於諸侯、有能贖之者，取其金於府[2]。子貢贖魯人於諸侯，來[3]而讓[4]不取其金。孔子曰：「賜[5]失之矣。自今以往，魯人不贖人矣。取其金則無損於行[6]，不取其金則不復贖人矣。」子路拯溺者，其人拜之以牛，子路受之。孔子曰：「魯人必拯溺者矣。」孔子見之以細，觀化遠也。

註釋

1.臣妾：古時對奴隸的稱謂，男稱臣，女稱妾。2.府：國庫。3.來：回國。4.讓：推辭不受。5.賜：子貢本名端木賜。6.行：品行。

老虎與苛政哪個更可怕？

那是一個春寒的傍晚，孔子和弟子經過泰山腳下，冷風颼颼，伴隨狼嚎虎嘯，隱約傳來一個婦人淒慘的哭聲……

「夫子式而聽之」，孔子要求停車，身體靠在車前扶手仔細聆聽。孔子果然人生經歷豐富，他從婦人的哭聲中聽出好幾重的憂傷，派子貢前去詢問到底發生什麼事。

子貢問完回來稟告老師：「婦人的公公幾年前被老虎吃掉了，屍骨無存。兩年前丈夫也死於虎口，而就在幾天前，婦人的兒子也被老虎吃掉了，三代俱亡於虎口，新墳連舊墳，婦人哀慟欲絕……」

聽完婦人一家悲慘的遭遇，孔子和弟子們都同感哀傷，也同感不解。既然山中有虎，婦人為什麼不搬走呢？

婦人邊哭邊說：「我們原先住在山腳下，種田為生，可是山下的貪官擾民，苛政累累，實在是活不下去了，才搬到山上。這裡雖然有老虎，但是沒有貪官苛政啊！」

孔子聽完婦人的敘述，感慨不已，告誡他的弟子們說：「你們要記住，苛政猛於虎啊！」

山中雖有虎，但老虎也不能一次吃掉所有人。可是山下有貪官苛政，則無一人能倖免。

孔子期許他的學生將來有機會出仕為官，一定要善待百姓。

「苛」本意是小草，「苛政」引申為繁重的賦稅、苛刻的法令，或者直接相等於「暴政」。

有人說過「政治是最高明的騙術」，但政治也可以是最大的公益事業。廉能政治是人民的幸福。

PS：本文引用《孔子家語．正論解第四十一》派子貢去問婦人；《禮記》版本說的是派子路去問婦人。

延伸閱讀

《孔子家語・正論解第四十一》

孔子適[1]齊，過泰山之側，有婦人哭於野者而哀。夫子式[2]而聽之，曰：「此哀一似[3]重有憂者。」使子貢往問之。而曰：「舅[4]死於虎，吾夫又死焉，今吾子又死焉！」子貢曰：「何不去[5]乎？」婦人曰：「無苛政。」子貢以告孔子。子曰：「小子識之[6]！苛政猛於暴虎。」

註釋

1.適：前往。2.式：式同軾，車前可供憑依的橫木。3.一似：很像。4.舅：古代婦女尊稱丈夫的父親，即家翁。5.去：離開。6.小子識之：小子，即年輕人；識讀音同誌，記住。

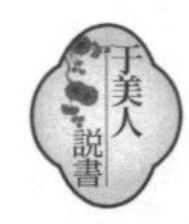

大有來頭的天字第一號

有聽過〈千字文〉嗎？

它是一篇由一千個不重複的漢字組成的文章，四字一句，共二百五十句。因為押韻好念，所以經常被古人拿來作為編號使用。例如，古代科舉考試都在貢院進行，貢院裡的每一間房號就是按照千字文編號。

〈千字文〉第一句：「天地玄黃，宇宙洪荒。」所以，如果第一排叫「天字」排，第一排第一間考場就是「天字第一號」，第二間是「天字第二號」，依此類推。

這兩句〈千字文〉用白話文解釋如下：「蒼天是黑色的，大地是黃色的；宇宙廣濶沒有邊際。」

接下來再問一題，各位有聽過玄女或九天玄女嗎？

玄女不是黑女，此處的「玄」引申為幽遠之意。玄女，就是天上女神之意。

根據政大李豐楙老師的考據，九天玄女是上古女仙，也是至今活著沒有消失的信仰。

她原本是天人之間的訊息傳遞者，後來傳遞的東西越來越多樣化，文化功能也大為增多，因而在不同的行業中都成為被崇奉者。

而九天玄女作為神聖訊息的傳遞者、中介者，仍多與黃帝神話有關。

有一說認為，九天玄女在古代是戰神的定位，就像希臘神話的雅典娜一樣。

傳說「指南車」就是由她傳授給黃帝，並且教戰黃帝，最後打敗蚩尤。

《墉城集仙錄．九天玄女傳》中就記載：「九天玄女者，黃帝之師，聖母元君弟子也。」

九天玄女的起源有很多種論述，我只是舉其中一種說法供各位參考。

但我並沒有找到九天玄女愛吃爆米花的文獻資料。

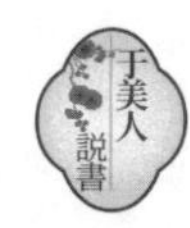

割席絕交，你不再是我同桌

「割席絕交」這句成語出自《世說新語．德行》篇。

三國時代，有一對好同學，名字叫做管寧和華歆。

有一天兩人同去菜園中鋤菜，見地上有一小塊黃金……

原文說：「管揮鋤與瓦石不異，華捉而擲去之。」說成白話文就是，管寧把金子當成普通瓦石一樣，照常揮鋤掘土；華歆之後也看到了，他把金子拿在手裡看了看，然後扔掉，繼續幹活。

回到教室後，兩人同席上課，上課中發生一件事，原文說：「有乘軒冕過門者，寧讀如故，歆廢書出看。」

上課中，外面傳來吵雜的聲音，原來是有坐轎子的官員從門前過去。管寧仍然照常讀書，華歆卻忍不住放下書本跑出去看大官出巡。

華歆看完熱鬧後回到教室，發現同學管寧竟然割斷坐席，和他分坐，並嚴肅地告訴華歆：「子非吾友也。」從現在起，你不再是我的朋友了。

管寧看他這樣不專心讀書，又羨慕做官的人，便割斷席子，彼此分開坐位，從此斷交。

《世說新語》耐看之處，就在於它只是描述故事，不加任何評論，留給讀者各自感受。

至於，兩人後來的發展如何呢？據《三國志》記載，華歆還算為官清廉，樂於施人，且品行高尚，頗受百姓愛戴。華歆當上大官以後，不僅沒有忘記當年與他割席絕交的舊友管寧，還多次推薦管寧，甚至誠心誠意寫信要讓位於管寧，但是管寧沒有接受。管寧用一生實踐自己的信念，只做學問不做官。聚有時，散有時，愛情如此，友情亦然。珍惜相聚的時光！

延伸閱讀

《世說新語‧德行》節錄◉南朝宋‧劉義慶

管寧、華歆共園中鋤菜。見地有片金[1]，管揮鋤與瓦石不異[2]，華捉[3]而擲去之。

又嘗同席讀書，有乘軒冕[4]過門者。寧讀如故，歆廢書[5]出觀。寧割席分座，曰：「子非吾友也。」

註釋

1.片金：一小塊金子。2.不異：照常、沒有不同。3.捉：拿起來。4.軒冕：古制，大夫以上的官員才可以乘軒車、戴禮帽。5.廢書：中斷讀書。

第十章 一代名將的養成與殞落

滿滿都是正能量的一篇文章

朋友問：「有沒有哪一篇古文最能增加正能量？」

有，最強的一篇就是文天祥的〈正氣歌〉！

這篇文章若只讀字義解釋有些可惜，我們先介紹背景資料。

先說什麼是「正氣」？

古人認為宇宙的存在，是一切變化的本源。

人活在宇宙不斷調整平衡的大格局中，正因為人本身有理性、有良知，可以用自己的「心」，去映照、呈現宇宙本身的「正氣」，也就是找到人存在的稟賦。

用這種概念來理解疫情，就是宇宙失衡了，現在要靠「正氣」！所以大家要集正氣。

正氣在哪裡？文天祥說正氣在天地萬物之間，而在人身上的正氣又叫浩然之氣，是一種純正博大又剛強之氣。這種浩然正氣，對人身有無所不能的巨大力量。

文天祥不是空口說白話，他是真心分享！

他寫〈正氣歌〉的前三年經歷了人間煉獄般的生活，被關在元朝大都的監獄，環境惡劣，各種氣味簡述如下：

1. 水氣（淹水）
2. 土氣（爛泥）
3. 日氣（不通風）
4. 火氣（炎熱像火爐）
5. 米氣（糧食腐爛味道）
6. 人氣（滿屋子屎尿味）
7. 穢氣（毀屍、腐鼠）

這樣的環境，文天祥自己都疑惑竟然可以活三年。所以，他總結自己的經驗後得到一個結論：「彼氣有七，吾氣有一，以一敵七，吾何患焉？」

文天祥說他只靠一帖藥方，就是浩然正氣！

文天祥（一二三六年生）是南宋末年的文臣。他是學霸等級的人物，狀元及第，

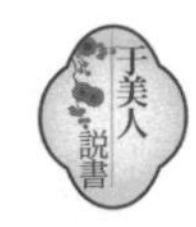

官至右丞相。

當南宋不敵蒙古大軍的攻勢，朝野或降或逃時，只有他不投降，還變賣家產派人各地募兵籌餉，繼續抵抗元軍。

他曾經在五坡嶺兵敗被俘，立刻拿出隨身攜帶的毒藥服毒自殺，以身殉國。在他意識模糊前，抬眼再看一眼宋朝的天空。啊！讀聖賢書，所學何事？求仁得仁，庶幾無愧！

不知道是他的「正氣」太強，還是藥效過期，文天祥竟然沒死……（未完待續）

延伸閱讀

〈正氣歌〉序◉南宋・文天祥

予囚北庭[1]，坐一土室，室廣八尺，深可四尋[2]，單扉低小，白間[3]短窄，汙下而幽暗。當此夏日，諸氣萃然[4]：雨潦四集，浮動床几，時則為水氣；塗泥半朝，蒸漚歷瀾[5]，時則為土氣；乍晴暴熱，風道四塞，時則為日氣；簷陰薪爨[6]，助長炎虐，時則為火氣；倉腐寄頓，陳陳[7]逼人，時則為米氣；駢肩雜遝[8]，淋漓汗垢，時則為人氣；或圊溷[9]，或毀屍，或腐鼠，惡氣雜出，時則為穢氣。疊[10]是數氣，當之者鮮不為厲[11]。而予以孱弱，俯仰其間，於茲二年矣。審[12]如是，殆有養致然爾。然亦安知所養何哉？孟子曰：「吾善養吾浩然之氣。」彼氣有七，吾氣有一，以一敵七，吾何患焉！況浩然者，乃天地之正氣也，作〈正氣歌〉一首。

註釋

1.北庭：北國的都城，即大都。2.尋：八尺為一尋。3.白間：窗戶。4.萃然：聚集。5.蒸漚歷瀾：漚讀音同嘔，長時間濕溽；歷瀾，水氣蒸騰貌。6.薪爨：爨讀音同竄，燒火炊煮。7.陳：音義同陣。8.駢肩雜遝：駢肩，並肩；雜遝讀音同雜踏，多而紛亂的樣子。全句意為囚犯肩並肩很擁擠。9.圊溷：讀音同青混，廁所。10.疊：疊加。11.當之者鮮不為厲：厲，疾病。全句意為遇到的人很少不生病的。12.審：推究、分析。

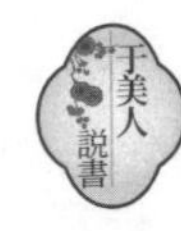

他們全都在用血淚生命寫歷史

成吉思汗的蒙古騎兵從東亞打到西亞，所向披靡。

蒙古軍隊進攻中原，滅掉西夏國用了二十二年，滅掉金國用了二十三年！

滅南宋要幾年？

南宋根本不是一個量級的對手，南方人體格瘦弱，而且步兵難敵騎兵，所以蒙古人認為滅宋有如反掌折枝。

沒想到這一仗，打了快五十年！蒙古人最恐怖的一招就是「屠城」，不投降就殺到雞犬不留！

想不到在這種威脅下，柔弱的南宋人似乎不害怕。他們不僅不降，還激烈抵抗，甚至讓蒙古帝國折損了一名大汗。

戰報傳來，蒙古貴族無法理解，到底是什麼力量支持著這群柔弱的人？

從一二三四年打到一二七九年，南宋最後一個丞相陸秀夫在海上向年幼的皇帝行禮後，背著年幼的皇帝跳海。很快的，海水將君臣兩人淹沒。

重文輕武、積弱不振的大宋王朝，北宋加南宋的國祚長達三一九年，至此畫下句點。

此時的文天祥已經在監獄裡面關了很久，他時不時就被要求特見，從已投降的原來宋朝官員們，再到元朝的丞相、皇帝，大夥兒輪番勸降。文天祥的回答都是一樣：「讓我死吧！」

蒙古人想知道，到底是什麼信念在支持這個人？

蒙古人雖然不明白「道義」是什麼，但他們明白，只要能降伏文天祥，南宋人的道義精神就會被徹底打敗。

〈正氣歌〉中有兩句「時窮節乃現，一一垂丹青」，文天祥是在國家最危急的時刻起兵的，氣節正是在最困難的時候表現出來的。

蒙古人最後請出忽必烈，忽必烈大汗非常客氣地請求文天祥留下來做宰相，他反覆勸說都無效，文天祥只求一死。

忽必烈佩服這個人，最後成全了文天祥。

南宋亡國四年後，一二八三年文天祥被押往大都的刑場，他開口說了人生最後一句話，他問：「南邊是哪個方向？」他向著南方跪拜行禮後，從容不迫地對著劊子手示意，可以動手了。

文天祥至死（四十六歲）都沒有放棄自己的信念，收屍時發現他的衣帶上有字，是他留下的遺言。

孔曰成仁，孟曰取義，
惟其義盡，所以仁至，
讀聖賢書，所學何事？
而今而後，庶幾無愧！

文天祥用生命捍衛了自己的高貴與尊嚴。人生自古誰無死，留取丹心照汗青！武力強大的元朝國祚只有九十七年。

延伸閱讀

〈正氣歌〉◉南宋．文天祥

天地有正氣，雜然賦流形[1]。下則為河岳，上則為日星。
於人曰浩然，沛乎塞蒼冥[2]。皇路當清夷[3]，含和吐明庭[4]。
時窮節乃見，一一垂丹青。
在齊太史簡[5]，在晉董狐筆[6]。在秦張良椎[7]，在漢蘇武節[8]。
為嚴將軍頭[9]，為嵇侍中血[10]。為張睢陽齒[11]，為顏常山舌[12]。
或為遼東帽[13]，清操厲冰雪。或為出師表，鬼神泣壯烈。
或為渡江楫[14]，慷慨吞胡羯。或為擊賊笏[15]，逆豎頭破裂。
是氣所磅礴，凜烈萬古存。當其貫日月，生死安足論。
〔……〕
悠悠我心悲，蒼天曷有極[16]。哲人日已遠，典型在夙昔。
風檐展書讀，古道照顏色[17]。

註釋

1.天地有正氣，雜然賦流形：天地間存在著一股正氣，使萬物變化為各種形體。2.沛乎塞蒼冥：正氣充沛到充滿天地之間。3.皇路當清夷：皇路指國運，清夷為清明太平。4.含和吐明庭：臣子態度和順地為盛明的朝廷效力。5.太史簡：簡即書簡。春秋時，齊國大臣崔杼弒君，自立為國相，

齊國太史（史官）不顧生命安危記錄下此一事實，而相繼被殺。6.董狐筆：春秋時，晉國宰相趙盾的家族中有人把晉靈公殺了，史官董狐直接寫下「趙盾弒君」，責備其縱容族人行凶。7.張良椎：張良是戰國時代韓國人，在韓被滅後，變賣家產招募大力士拿著大鐵椎伏擊秦始皇。8.蘇武節：漢武帝時，蘇武持符節出使凶奴，因為拒絕單于招降，而在北海牧羊十九年。9.嚴將軍頭：嚴顏是東漢末年的巴郡太守，張飛在他被囚後勸降，嚴顏寧可斷頭也不投降，張飛敬之，將他釋放。10.嵇侍中血：西晉嵇紹官至侍中，後為保護皇帝司馬衷而死，血濺帝衣。11.張睢陽齒：安史之亂，張巡死守睢陽不降，因為嚼齒殺敵，死時口中只剩三四齒。12.顏常山舌：安史之亂，常山郡太守顏杲卿被俘拒降，被押到洛陽見到安祿山時，歷數安祿山罪狀，即使被鉤斷舌頭仍含糊大罵，至死不屈。13.遼東帽：三國時魏國人管寧，於天下大亂時避亂遼東山谷。魏明帝欲禮聘為官，寧不為所動。居住遼東達二十年，常戴一頂黑帽，人稱「遼東帽」。14.渡江楫：晉代祖逖北伐，渡江時在船上敲著船槳發誓，若不能恢復中原，就不再次渡江南歸。15.擊賊笏：唐德宗四年，太尉朱泚劫持文武百官，欲叛唐篡位。段秀實孤身前來，以象牙笏猛擊朱泚唾罵，後忠勇殉國。16.悠悠我心悲，蒼天曷有極：我的憂思像蒼天一樣哪有盡頭。17.古道照顏色：古人的道義風範如在眼前，光芒耀眼。

功高震主？學會自污以保命

想寫岳飛的〈滿江紅〉。

一代名將不死於敵前卻死於朝廷，千古之恨！

元朝人寫宋史寫到岳飛時，結論為「嗚呼冤哉，嗚呼！」連蒙古人都替他喊冤。

岳飛為什麼被殺？此處先按下不表，得從秦朝王翦的故事說起……

西元前二二四年，秦始皇統一天下的前三年，秦王召開軍事會議，商議滅楚要派多少兵馬？

先問老將王翦，「報告大王，楚國不好打，這一仗非六十萬不可！」

再問另一員猛將李信，「報告大王，給我二十萬便可滅楚！」

秦王大喜，用李信。

王翦立刻捲鋪蓋走人，稱病辭職回故里。

秦滅六國少有敗仗，但李信這一次卻大輸。秦王立刻搭專車直奔王翦的故鄉，向他致歉，請王將軍重掌帥印，而且這次給足六十萬的兵馬，一個都不敢少。

秦王急，但王翦不急。他要秦王先答應幾個要求，才能安心出征，王翦要求美宅、良田、子孫工作有安排。秦王全答應了，求你快快出發吧！

王翦大軍還沒完全出關就連發五通電報，提醒秦王別忘了房子要安排在信義區，田地不要山坡地，子孫要享有終生俸。

王翦的部下都看不明白了，這是哪招呀？

王翦嘆口氣說：「這招叫『自污』，秦王多疑，咱舉國的兵力不到七十萬，現在六十萬在我手裡。我得表明我貪財，才能消除他怕我擁兵自重的疑慮啊！」

這次出兵，成功滅楚。王翦功高不震主，「自污」以善終。

話說回來，岳飛郾城大捷，準備直搗黃龍時，整個南宋的軍隊將近百分之八十都在他手上，號稱「岳家軍」。（未完待續）

延伸閱讀

〈王翦〉◉北宋・李復

少李[1]輕兵去不回，荊人[2]勝氣鼓如雷。
將軍料敵[3]原非怯，能使君王促駕[4]來。

註釋

1.少李：少年將軍李信。2.荊人：楚國人。3.料敵：判斷敵情。4.促駕：催促上馬速行。

令人意難平的悲劇英雄

岳飛純忠偉烈，碧血丹心，為何會受冤而死？

時也？運也？命也？

我根據清末袁樹珊編的《命譜》找出岳飛的八字，對八字有研究的人可以參考一下。

岳飛的生辰八字是癸未年、乙卯月、甲子日、己巳時。他三十九歲那一年走的運是陽刃飛刃，互相攻擊，在劫難逃。

一命二運三風水，我們再來看看祖墳。

岳飛事母至孝，岳母四十歲才生岳飛。家鄉發大水時，她抱著襁褓中的岳飛躲在大水缸中載浮載沉才逃過一劫。

岳飛從軍後，元配劉氏改嫁，留下兩個兒子，由老太太獨自撫養。她苦撐維持家計，時局動亂，兵荒馬亂，總算等到岳飛來救，又跟著兒子行軍，沒有過幾年平安日子，就病故軍中了。

這一年岳飛三十四歲。岳母先走其實也是福報，不用看到兒子孫子含冤慘死。岳飛將母親葬在廬山，據說是個「臥虎舔尾」穴。

當時有位高僧經過，嘆了一口氣說道：「穴是好穴，可惜坐向不對。龍邊虎邊一樣長，蓋好之後，子孫須有死於非命者，要經過數十年後，子孫再當昌盛。」

好風水是有口訣的，根據吳彰裕教授的說法是「後背有靠，左右有抱」。左邊是龍邊，右邊是虎邊，左邊延伸越長越好，右邊應該又短又低。可惜岳母墓的風水，龍虎無異，長短一樣。

至於姓名學的分析，就有待高人了。（未完待續，秦檜要登場了）

PS：古時說書人一本《說岳全傳》可以講一年。哈！讓我多講幾天，請大家繼續捧場。

〈小重山〉◉南宋．岳飛

昨夜寒蛩[1]不住鳴。驚回千里夢，已三更。
起來獨自繞階行。人悄悄，簾外月朧明。
白首為功名[2]。舊山[3]松竹老，阻歸程。
欲將心事付[4]瑤琴。知音少，弦斷有誰聽？

註釋

1. 寒蛩：蛩讀音同窮，蟋蟀。寒蛩指秋天的蟋蟀。2. 功名：此指驅逐金兵、收復失地，建功立業。
3. 舊山：故鄉的山。4. 付：託付。

馳騁沙場真英雄，口蜜腹劍偽君子

人說：「北宋缺將，南宋缺相。」

秦檜把持相位十七年，權傾朝野，無人可撼動。

秦檜的老闆宋高宗（趙構），十九歲時因為哥哥爸爸真偉大被金人擄去，他匆匆繼位。金人一路追，他一路逃，還因為受到驚嚇，失去生育能力，終生無子。不到三十五歲頭髮就全白了，而且他一生都很節儉，不敢浪費，還帶頭吃素。

更因為財政困難，臣下有功要賞，沒錢怎麼辦？

他只能先賞給臣下兌換券，例如「馬半匹，公服半領，金帶半條」。先別笑，半匹馬當然不能領，你要持續有表現，下次再賞你半匹馬，湊成一整匹再領。最絕的是，兌換券上面沒寫兌換處！

他努力保住宋朝半壁江山，但卻留下千古罵名。

當時朝廷有主戰派和主和派。主和派認為要先議和，讓大家喘口氣，因為國家

沒錢了，而且打仗的底線在哪裡？

主戰派認為時不再來，機難輕失，此時要一鼓作氣，誰不主戰誰賣國！保半壁江山如果是打出來的，那功勞在岳飛；如果是談出來的，那功勞在秦檜。誰做最後決定？當然是宋高宗，西元一一四〇年，岳飛大軍挺進朱仙鎮，離首都開封城只差四十五里，全軍士氣高昂，岳飛大聲喊：「直搗黃龍，與諸君痛飲！」

岳飛上表報告軍情，並請求更多支援。高宗獲悉勝利，反覆看奏表，那個高興啊！十幾年了，終於打一場大勝仗。高宗轉頭和秦檜說了一句話：「岳飛真是個忠臣啊！」

秦檜非常冷靜地只回了一句話，高宗立刻頭皮發麻，腳底發涼，面無表情地把岳飛的奏章燒了……（未完待續。風雲變色，要得金牌了）

延伸閱讀

《續資治通鑑・宋紀》◉清・畢沅

帝初為飛營第[1]，飛曰：「敵未滅，何以家為？」或曰：「天下何時太平？」

飛曰：「文臣不愛錢，武臣不惜死，天下太平矣！」師每休舍[2]，課將士注坡[3]跳壕，皆重鎧[4]以習之。卒有取民麻一縷以束芻[5]，立斬以徇[6]。卒夜宿，民開門願納，無敢入者，軍號「凍死不拆屋，餓死不擄掠」。卒有疾，親為調藥。諸將遠戍，遣妻問勞其家；死國者，則育其孤。有頒犒[7]，均給軍吏，秋毫無犯[8]。

註釋

1. 營第：建造府邸。2. 師每休舍：軍隊每次駐紮休整。3. 注坡：從斜坡上急馳而下。4. 鎧：讀音同凱，古代戰士穿的鐵甲，用來護身。5. 束芻：綑綁餵馬的草料。6. 徇：讀音同訊，示眾。7. 頒犒：酒食或財務等犒賞。8. 秋毫無犯：一絲一毫都不動用。

什麼是莫須有？我說有就有

秦檜到底說了什麼？

秦檜說：「是啊！岳飛是忠臣，當年太祖皇帝龍興之前也是個忠臣。」嗍！

宋朝重文輕武的國策，就是宋太祖趙匡胤定下來的。當年「陳橋兵變，黃袍加身」第一集劇情大家都太熟悉了。第二集「杯酒釋兵權」就再演一次。

既然要釋兵權，得把岳飛先叫回來，高宗發出第一道金牌。

所謂金牌其實是塊木板，上面有皇帝的御前文字，不入驛站，經過驛站，換馬不換人，日行五百里，一路狂奔。

一天之內，連發十二道金牌，內容都一樣：「岳飛孤軍深入，不可久留，速撤軍，返京述職。」

岳飛仰天長嘆，他從軍以來立志「抗金」，收復故土，迎回二聖。而今十年之功，毀於一旦！

這是誰的江山？馬蹄聲狂亂，我一身的戎裝，呼嘯滄桑，臣子恨，滿身傷。淪陷區的大宋子民攀衣攔馬聲聲淚，將軍啊將軍！別把我們給拋下呀！岳飛誓將七尺求明聖，怒指天涯淚不收！

最後岳飛硬是違背高宗，大軍多留了五天，爭取時間讓還能走的父老鄉親們先撤，岳家軍殿後，放棄好不容易收復的失土。

仗不打了，三大將入朝，明升暗降，岳飛交出兵權，遠離朝廷。殊不知金人議和的條件，就是除掉岳飛。

先抓岳雲和張憲（岳飛手下猛將），此時岳飛還不知道兒子被抓。

另一隊人馬奉命要把活的岳飛帶回來，回程路上岳家軍的老部下一直勸岳飛不要回去。岳飛說：「皇天后土，可表此心，我不負朝廷。」

不出所料，一回杭州就被打入大牢。

岳飛問：「我何罪之有？」

主審官何鑄說：「有人告你謀反。」

岳飛衣服一脫，以背示人，背上刺有「盡忠報國」四個字，何鑄無言。

岳飛把衣服重新穿好，問道：「叫告我的人過來對質。」

岳飛：有人證？

原告：有，但人證死了。

岳飛：有物證？

原告：有，但那封證明你謀反的信被燒了。

何鑄審不下去喊停，他去見秦檜說我不幹了。秦檜說：「上意也。」這是皇上的意思，你敢為岳飛請命？

何鑄怒曰：「我豈為區區一岳飛請命，強敵未滅，無故戮（殺）一大將，失士卒之心，非社稷之長計。」

滿朝文武只有韓世忠站出來。

他問秦檜：「岳飛到底犯了什麼罪？」

秦檜：「其事莫須有！」

各位，不要拘泥「莫須有」三個字的解釋，重點是說這句話的態度。

就是懶得跟韓世忠廢話的態度，「難道沒有嗎？」

套句白話文就是，請你看清楚，法院誰開的？我說你有，你會沒有？（未完待續）

青山有幸埋忠骨，精忠報國至死方休

岳飛在獄中被拷打，並受到毒刑，實在撐不住萎頓在地時，被一個小小獄吏喝斥，叫他立正站好。

各位，真是讀史讀到想哭。一代名將，落得如此不堪。

終於不再用刑，原來是快過年了，暫時消停。

岳飛此時想起兒子岳雲（他還不知道岳雲已經遇害）。這孩子十二歲從軍，從娃娃兵做起。猶記得那場對金軍的合圍戰，派張憲和岳雲揮師猛進，想想自己也真夠狠的，岳雲臨出兵時前來大帳請示戰法，只給他一句話「不勝，先斬你的頭」，好樣兒的岳雲，大敗金軍的拐子馬。打虎親兄弟，上陣父子兵。我的兒啊，爹想你了……

突然聽到獄卒的喊叫：「抓緊時間，快點！」

又聽到有人喊：「將軍！」

是誰？

原來是老部下冒險置酒來看他。

「將軍，過年了，您看，給您帶了您最喜歡的屠蘇酒來，說不定過了年後會放您出去。」

岳飛曾立誓戒酒，要等北伐中原後才要破戒，如今卻身繫大獄。他看著地上的酒，「見屠蘇想起了黃龍痛飲，滿江紅、班師詔、歷歷前塵！」岳飛紅了眼眶……

岳飛沒有等到過完年，他大年三十晚上被賜死在大理寺的風波亭，年三十九歲。

岳雲和張憲呢？原本是判他們流放，但高宗下令「斬」，百戰名將的岳雲身首異處，死的時候才二十二歲。

岳飛夫人和其他小孩、家人全部被流放。

岳飛遇害後，無人收屍。幸好一名叫隗順（隗讀音同偉）的小獄卒不忍他死無葬身之地，便偷偷將岳飛屍體背出監獄，將他葬在水邊。而隗順直到過世前，才將這個祕密告訴了兒子。

等到二十年後孝宗即位時，岳飛才得到平反，並懸賞重金尋找岳飛遺骸。此時隗順的兒子才說出這段故事，岳飛也才能重新安葬。

孝宗雖厚待岳飛後人，但要等岳飛死後八十四年，其冤屈才得以徹底昭雪。

正史寫岳飛背上刺「盡忠報國」，但後來民間版本流傳「精忠報國」。盡忠和精忠有何不同？精忠是百分之百的忠，是毫無保留的忠，所以百姓們認為岳飛的「忠」是精忠。

PS：當年金兀朮戰敗要撤軍時，曾被一書生攔下勸道先別急著退，不妨再等等，因為：「自古未有權臣在內，而大將能立功於外者。岳飛自身性命尚且難保，何況其成功乎？」誠哉斯言。

延伸閱讀

〈滿江紅〉◉南宋．岳飛

怒髮衝冠，憑欄處，瀟瀟雨歇。
抬望眼，仰天長嘯，壯懷激烈。
三十功名塵與土，八千里路雲和月。
莫等閒[1]、白了少年頭，空悲切。

靖康恥，猶未雪[2]，臣子恨，何時滅？
駕長車，踏破賀蘭山缺[3]。
壯志飢餐胡虜肉，笑談渴飲匈奴血。
待從頭、收拾舊山河，朝天闕[4]。

註釋

1. 等閒：隨便、不經心。2. 雪：讀音同穴，洗刷。3. 缺：空隙、關口。4. 天闕：指首都，天子所在之處。

乘風破浪的那個將軍哥哥

這位哥哥叫宗慤（讀音同確）。

他身處於南北朝時代的南朝宋，名門之後，從小愛練武。十四歲時，他的叔父問他長大後的志向，他沒有給出具體的答案，例如太空人或婦產科醫師；也沒有回答大概的方向，例如從政或從商。

宗慤是這麼說的：「Uncle，我長大後願乘長風破萬里浪。」

他的回答讓叔父很不滿意！這是什麼願望？

當時天下人尚文不尚武，但宗慤任俠好武，所以鄉里人都不看好他，叔父只能無奈搖頭。

但是叔父的頭很快又搖回來，因為不久之後，少年宗慤將迎來人生第一個高光時刻！

話說那一年宗慤大哥結婚，新娘子的十里紅妝引來盜賊覬覦。當天晚上趁大家喝喜酒喝得醉醺醺時，十幾個賊人明火執仗前來搶嫁妝，此時宗愨挺身拒賊，盜賊披散而逃。

宗愨一個人打跑一窩賊，這一年他才十四歲。

後來宗愨從軍，立下戰功無數，成為一代名將。西元四六五年過世，朝廷贈征西將軍。

唐朝李白和王勃都曾在詩文中引用過宗愨的故事。李白寫過：「長風破浪會有時，直挂雲帆濟滄海。」後世就用「乘風破浪」來比喻少年時的豪邁志氣，形容人有不畏艱難、奮勇前進的遠大志向。典故就來自宗愨。

愨的字意是誠實謹慎，所以你可以用「誠愨」、「謹愨」來表達誠實或謹慎。簡單來說，「誠愨」就是「誠」乘以二，「誠誠愨愨」就是「誠」乘以四。

延伸閱讀

〈行路難〉◉唐・李白

金樽清酒斗十千，玉盤珍饈直[1]萬錢。

停杯投箸[2]不能食，拔劍四顧心茫然。
欲渡黃河冰塞川，將登太行雪滿山。
閒來垂釣碧溪上，忽復乘舟夢日邊[3]。
行路難，行路難，多歧路，今安在？
長風破浪會有時[4]，直挂雲帆濟滄海[5]。

註釋

1. 直：通值。2. 投箸：丟下筷子。3. 閒來垂釣碧溪上，忽復乘舟夢日邊：前一句是姜太公垂釣，得遇周文王的典故，後一句是伊尹夢見自己乘船經過日月而後輔佐商湯的典故。4. 長風破浪會有時：借用宗慤少年時的志向：「願乘長風破萬里浪」。會有時，時機總會到來。全句意為總有一天能乘長風破萬里浪。5. 直挂雲帆濟滄海：挂通掛；雲帆，高高的船帆；濟為渡河、過河；濟滄海的意思是橫渡廣闊的海洋。

國家圖書館出版品預行編目資料

于美人說書/于美人著. -- 臺北市：商周出版, 城邦文化事業股份有限公司出版：英屬蓋曼群島商家庭傳媒股份有限公司城邦分公司發行, 2022.12 面； 公分 ISBN 978-626-318-541-8(平裝) 1.CST: 中國文學 2.CST: 文學評論 820.77 111021094

于美人說書

作　　者／于美人
編　　輯／黃筠婷、程鳳儀

版　　權／吳亭儀
行銷業務／林秀津、周佑潔、黃崇華
總 編 輯／程鳳儀
總 經 理／彭之琬
事業群總經理／黃淑貞
發 行 人／何飛鵬

法律顧問／元禾法律事務所 王子文律師
出　　版／商周出版
城邦文化事業股份有限公司
台北市中山區民生東路二段 141 號 9 樓
電話：(02) 2500-7008 傳真：(02) 2500-7759
E-mail：bwp.service@cite.com.tw
發　　行／英屬蓋曼群島商家庭傳媒股份有限公司城邦分公司
聯絡地址／台北市中山區民生東路二段 141 號 2 樓
書虫客服服務專線：(02)2500-7718・(02)2500-7719
24 小時傳真服務：(02)2500-1990・(02)2500-1991
服務時間：週一至週五 09:30-12:00・13:30-17:00
郵撥帳號：19863813　戶名：書虫股份有限公司
讀者服務信箱 E-mail：service@readingclub.com.tw
歡迎光臨城邦讀書花園　網址：www.cite.com.tw
香港發行所／城邦（香港）出版集團有限公司
香港灣仔駱克道 193 號東超商業中心 1 樓
電話：(852)2508-6231　傳真：(852)2578-9337
Email：hkcite@biznetvigator.com
馬新發行所／城邦 (馬新) 出版集團 【Cite (M) Sdn. Bhd.】
41, Jalan Radin Anum, Bandar Baru Sri Petaling,
57000 Kuala Lumpur, Malaysia
電話：(603)90578822　傳真：(603)90576622
Email：cite@cite.com.my

封面設計／徐璽工作室
電腦排版／唯翔工作室
印　　刷／韋懋實業有限公司
總 經 銷／聯合發行股份有限公司　電話：(02)2917-8022　傳真：(02)2911-0053
地址：新北市 231 新店區寶橋路 235 巷 6 弄 6 號 2 樓

■ 2023 年 03 月 02 日
■ 2023 年 10 月 12 日初版 6.6 刷

Printed in Taiwan

定價／390 元

ISBN 978-626-318-541-8

城邦讀書花園
www.cite.com.tw